近藤芳美論

大島史洋

現代短歌社

目次

I

近藤芳美論

I

近藤芳美の魅力

近藤芳美の歌人としての位置を思うとき、やはり多くの人が指摘するようにその初期の歌集『早春歌』『埃吹く街』に新鮮な魅力があり、その影響が戦後の短歌界に大きく広まっていったということが言えると思う。

では、その魅力がどういうところにあったのかという点について、作品を追いながら考えてみたい。

『早春歌』は近藤の第一歌集で昭和二十三年に刊行されている。巻頭に並んでいる歌を最初から順に五首ほど引いてみよう。

落ちて来し羽虫をつぶせる製図紙のよごれを麵麭で拭く明くる朝に
寂しがりて言ふ友をさそひ食堂に行く古本を売りし金がまだ少しあり
聖書が欲しとふと思ひたるはずみよりとめどなく泪出でて来にけり
人を恋ふる宵々なりきつづけさまに唯物論全書買ひ来ては読みぬ
たかぶりて言ひしが夜更け帰り来てオーバーのまま夜具しきてをり

これら二十数首の歌には「製図室」と題が付けられており、昭和十一年の作である。昭和十一年は近藤二十三歳。東京工業大学建築学科の二年生であった。アララギには広島高等学校の学生であった昭和七年より出詠しており、昭和九年に上京してからはアララギ発行所にも出入りし樋口賢治、小暮政次、杉浦明平といった東京の若い歌人たちとも交流し始めた頃であった。

また、昭和十一年にはよく知られた二・二六事件が起こっており、この『早春歌』は、以後、昭和二十年の日本の敗戦までの十年間に作られた歌の集積なのである。

あげた歌にもどって鑑賞してみよう。

一首目、巻頭の歌として素材が新しく、近藤の歌の世界へと引き込まれてゆく。羽虫のよごれをパンで拭くという行為は、製図を学業とする彼らの日常では当たり前のことであったのかもしれないが、それを知らない読者としては、若い工学生の日常生活を垣間見るようで以下の歌へと興味を引き付けられてゆく。

その次の歌では、初句から「寂しがりて言ふ友」といった、読む者をいろいろに想像させる表現で一首が始まり、下句には、古本を売るという当時の学生生活の一端を感じさせる場面が出て来る。そして、その流れの上に三、四首目では聖書と唯物論全書という、これも当時の知的な学生を思わせる素材が登場し、三首目の歌では下句に涙を配し、四首目では逆に上句に人恋しさを出している。最後の五首目の歌では、上句で友人との交流のさまを思わせ、下句には、孤独な一人の男の姿を出してくる。しかも「オーバーのまま」という具体的な表現が一首を引き締め、魅力ある場面となっている。

こうして見てくると、新鮮な抒情歌ではあるが、かなりしたたかに計算された技法が用いられており、読者は近藤の世界に自然に引き込まれていってしまう。

『早春歌』を読み進んでゆくと、こうした日常生活の歌の中に、次のような歌が見え始める。

国論の統制されて行くさまが水際立てりと語り合ふのみ
戯言の如くに吾ら言ひ合ふとも来たる時代をはや疑はず
かそかなる事とし言はむ国こぞる消費統制に就職のあて失ひ行く吾ら
軍歌集かこみて歌ひ居るそばを大学の転落かと呟きて過ぎにし一人

こうした歌は、日本がいよいよ戦争の時代へと突き進んでゆくなかでうたわれている。四首目の歌では、「大学の転落か」とつぶやいて去っていった一人の姿を近藤はしっかりと見ている。社会の動きを冷静な視線でもってうたい続ける近藤の姿勢は、こののち一貫したものとして生涯に渡っている。そうした歌の流れを追ってゆけば、近藤の作歌の大きな特色を見ることができる。

そして『早春歌』にはもう一つ別の流れも見られる。それは、次のような歌となって展開してゆく。

バルコンに二人なりにきおのづから会話は或るものを警戒しつつ
たちまちに君の姿を霧とざし或る楽章をわれは思ひき

壊れたる柵を入り来て清き雪靴下ぬれて汝は従ふ

近々とまなこ閉ぢ居し汝の顔何の光に明るかりしか

手を垂れてキスを待ち居し表情の幼きを恋ひ別れ来りぬ

中村年子（のちの近藤とし子夫人）との恋愛をうたった歌である。これらはまだ結婚前の歌であるが、近藤の歌の魅力として多くの若者を惹き付けてきた。

一、二首目の歌は朝鮮の金剛山歌会の折の歌である。金剛山歌会は昭和十二年の夏に開かれ、土屋文明、五味保義なども出席した記念すべき朝鮮での歌会である。近藤は父の仕事の関係で朝鮮の馬山で生まれ、学生時代から夏休みなどには両親の住む京城に帰省していた。とし子夫人もそのころ両親と一緒に京城に暮らしており、この歌会で二人は知り合い、愛し合うようになる。近藤のとし子夫人への愛は生涯に渡って変わることがなかったが、それは当時日本の植民地であった朝鮮の街をお互いによく知っており、生い立ちの環境などにも通うものがあって理解し合えたこと、それが大きく影響していて、その後の戦争の時期を経て互いに支え合う基盤となっていったのだろうと私は思っている。

この一首目の歌の下句は、時代背景などから考えて何か社会的な警戒ともとることはできるが、普通に、男女間の情の微妙な雰囲気と解してもいいだろう。二首目以下の歌は、まるで日本ではないような西洋的な愛の場面がうたわれている。こういう清らかな日本人離れのした愛の歌に、当時の読者の多くが惹かれたのであった。こうした清純な世界を好む近藤の気持ちも生涯変わることがなかったと言っていいだろう。それは、近藤が朝鮮半島で少年期を過ごし、西洋の文学や美術に対する憧憬の念を一生抱き続けたことと源を同じくしている。

昭和十五年に近藤は中村年子と結婚するが、そのすぐあとに召集令状が来て中国へ向かうこととなる。『早春歌』の終わりのほうには戦地での歌が出てくる。

果てしなき彼方《かなた》に向ひて手旗うつ万葉集をうち止まぬかも

今すでに遠き記憶の如きかなあくがれ学びし建築学も

三十年の生涯に大学も出でき重ねし懐疑も今日あるために

吾は吾一人の行きつきし解釈にこの戦ひの中に死ぬべし

こうした歌はいま読んでも切実にひびいてくる。

近藤の戦争詠は、『早春歌』の補遺として後年に出版された歌集『吾ら兵なりし日に』をも含めて考えなければならないが、近藤が歌人として注目されるようになったのは、先に見た近藤の社会詠が第二歌集の『埃吹く街』では戦後の社会詠(風俗詠、或は思想詠)として広く読まれることとなったからである。

『埃吹く街』の歌の中から、戦後風俗をうたった歌として当時注目された歌をあげてみよう。

いつの間に夜の省線にはられたる軍のガリ版を青年が剥ぐ

夕ぐれは焼けたる階に人ありて硝子の屑を捨て落すかな
さながらに焼けしトラック寄り合ひて汀の如きあらき時雨よ
言葉知らず働き合へばはかなきに出でて共産党宣言を買ふ
黄色き柵は日本人を入らしめず表情固き女士官たち

最初の歌の「軍のガリ版」は八月十五日の敗戦を認めない軍の一部の者が徹底抗戦を訴えたビラである。省線は山手線など国電の旧称。軍の貼ったビラを青年が剝ぐという行為を通して、すでに戦後の新しい時代が始まっていることをうたっている。これが『埃吹く街』の巻頭詠であることは、今となっては象徴的な感じがする。以下の歌も戦後の焼け跡の光景をうたっている。四首目の歌では、アメリカ軍に製図工として雇われて働く日々がうたわれている。下句に共産党宣言が出てくるところは、『早春歌』での聖書や唯物論全書などと同じ作りとなっている。最後の歌の「黄色き柵」は、アメリカ進駐軍の管理下にあることを示す表示である。

こうした敗戦後の日本の光景がほかにもさまざまにうたわれており、それが『埃吹く街』の大きな特色となっているわけである。

いま見てきたような日本の敗戦後の風俗詠がこの歌集の主流の一つであるが、そのほかに、近藤がずっとうたい続けてきた社会に対する思想詠もこの歌集の大きな位置を占めている。そうした歌を見てみよう。

世をあげし思想の中にまもり来て今こそ戦争を憎む心よ
旧き権威亡び行くとき今に学び君ら思想の陰惨を知らず
じめじめと畳にひくく坐りつつ幾世代かに成せる文化よ
守り得し彼らの理論清しきに吾が寝ねられぬ幾年ぶりぞ
言ひ切りて民衆の側に立つと云ふ君もつづまりに信じては居ず

近藤の思いを吐露した、こうした歌が多数見られるこの歌集が、戦後を生き抜いている多くの人々に共感をもって迎えられたのもよくわかるところである。三首目の歌の日本文化への視線は、近藤に一貫している。四首目の「彼らの理論」とは、戦争中に投獄されていた人たちの理論である。この歌の思いは五首目の歌の「民衆の側に立つ」にもつながってゆき、近藤はそうした意見に引き付けられながらもどこか信じきることのできない自分を感じている。近藤は「主義に拠り唯一度だにあらずして守り得し小さき生活よ之は」とも同じ頃にうたっており、いわゆる主義と名付けられるような画一的な姿勢とは別の、着実な生活者としての生き方を求めていたのである。それが、同じような考え方をする立場の人々から強い支持を得たのだとも言うことができるだろう。

『埃吹く街』の魅力はいま見てきたようなところに主眼があるが、愛する妻をうたった歌もまた見られる。

耳のうら接吻すれば匂ひたる少女なりしより過ぎし十年

枯草の夕日に立てり子を産まぬ体の線の何かさびしく

こうした歌で、近藤の歌は社会風俗詠・思想詠と共に清らかな愛の歌、この二面において大きな影響を戦後社会の人々に与え続けたと言うことができる。

敗戦後の日常詠と思想詠――『埃吹く街』

近藤芳美の第二歌集『埃吹く街』は、昭和二十三年二月十日に草木社から発行されている。草木社というのは、画家の上野省策が斎藤喜博と共に始めた出版社であり、発行までのいきさつについては近藤自身が『近藤芳美集』(岩波書店)第一巻のあとがきで詳しく書いている。この歌集は、敗戦後の物資欠乏時代に作られた仙花紙という屑紙を漉き返した粗悪な紙に印刷されており、B6判、一九二頁という薄い一冊である。収録歌数は四四七首。昭和二十年十月から二十二年六月までの作品が収録されている。装丁、上野省策。定価は七十円である。

近藤の第一歌集『早春歌』は昭和二十三年二月二十日に四季書房より刊行されているから、第二歌集『埃吹く街』のほうが少し早く刊行されたことになる。『早春歌』が昭和十一年から二十年までの作品を収めた近藤の感性豊かな青春歌集であるのに対して、『埃吹く街』は敗戦後の二年間ほどの日常生活や社会風俗、時代の思想などを描写した歌集であり、そこに大きな特色がある。『埃吹く街』の巻頭には、

いつの間に夜の省線にはられたる軍のガリ版を青年が剝ぐ

世をあげし思想の中にまもり来て今こそ戦争を憎む心よ

苦しみし十年は過ぎて思ふとき思想偽るにあまり馴れ居ぬ

という、よく知られた歌が続いている。「軍のガリ版」とは、昭和二十年八月十五日のポツダム宣言受諾を認めない厚木航空隊の兵が徹底抗戦を訴えて作ったビラのことで、吉田漱の『近藤芳美私註』にはその文面まで紹介されている。飛行機から撒かれたものもあるようだ。「ガリ版のビラを青年が剝ぐ、というところに、すでに新しい時代が告げられている。巻頭第一首にふさわしい作品」と吉田は注解を付けている。こうしたことも注釈なしではわからない時代になってきており、これも『埃吹く街』が負っている宿命であろう。

二首目の歌の「世をあげし思想」とは、戦争を押し進めようとする思想、ファシズムのことを言っている。三首目は、戦争の時代を生きてきた自分の青春時代のありようを思い返している歌である。この三首には『埃吹く街』の特徴が良く出ていると言っていいだろう。一つは、一首目のような時代の推移や戦後の生活をうたった歌であり、もう一つは、二、三首目の歌に見られるような、近藤の揺れ動く思想をその時々の思いのままにうたった歌である。

まず、戦後の日常詠、生活詠を見てみよう。

夕ぐれは焼けたる階に人ありて硝子の屑を捨て落すかな

水銀の如き光に海見えてレインコートを着る部屋の中

灰皿に残る彼らの吸殻を三人は吸ふ唯だまりつつ

地下室に息立つ麵麭を運べるを見て帰り行く霧の降る夜を

これらもよく知られた歌である。一首目は、焼け残ったビルの階に人がいてガラスの屑を捨てている戦後の光景がうたわれている。二首目の上句は現在でも新鮮である。「レインコートを着る」は暖房のない寒い仕事場の様子をうたっているのだと思うけれど、「着る」という現在形のかたちから、外出するために着るのだととっている人も多いだろう。そういう点から言えば、一首目の歌も火事で焼けたビルととられても仕方のない面が、現在ではあるのかもしれない。三首目の「彼ら」はアメリカ兵のことで、近藤は、一時期、設計技師として一緒に働いていた。こうした「彼ら」といった表現のしかたも近藤の一つの特徴である。「守り得し彼らの理論清しきに吾が寝ねられぬ幾年ぶりぞ」「乗りこえて君らが理解し行くものを吾は苦しむ民衆の一語」といった歌に見られる「彼ら」「君ら」もそれぞれに対象は異なるけれど、当時としてはこれで読む者に伝わっていったのである。

四首目のパンの歌も、当時を知らない者にはなかなか実感としてはわからない面があるのかもしれない。食料難の時代であり、これは米軍の厨房を見ているのだろう。

次に、近藤の思想詠とでも呼ぶべき当時の歌を何首かあげてみよう。

支那留学生一人帰国し又帰国す深く思はざりき昭和十二年

在るままにあらき時代も受け行かむ其の限りを吾が良心とせむ

漠然と恐怖の彼方にあるものを或いは素直に未来とも言ふ

一首目は、日中戦争が始まった頃を思い返している歌。二首目のような近藤の姿勢は現在まで続いていると言えるのかもしれない。「恐怖の彼方」と「未来」は、当時の時代背景を負いつつ、なお広い一般的な想像にも堪えうる詩的な抒情性をもった対比として評価していいだろう。

『埃吹く街』の近藤の歌は、今となっては注釈なしでは理解しにくい時事的な歌も多いが、全体としては、戦後の時代を誠実に生きていこうとしている知識人の姿がありのままに表現されており、そうした作者の姿勢は今でも充分に読者に伝わってゆくことと思う。

思惟の美しさ、とは——『新しき短歌の規定』

今回取り上げる歌論集は、私がこれまでに繰り返し読んできたもので、ある意味ではもっとも親しみを感じているとも言える一冊である。近藤芳美の歌論集『新しき短歌の規定』。この本は今の若い人々にはどれくらい読まれているのだろうか。現在は講談社学術文庫にも収録されているので、目にすることも多いのではないかと思う。私も今回はその文庫で読みなおしてみた。目次の標題を最初のほうから少しあげてみると、「転期に立つ」「幇間の如く成る場合」「新しき歌壇の生成」「短歌の封建性」「批評への不信」「新しき短歌の規定」「短歌と生活」「短歌の救い」といった具合になっている。この本には近藤の言いたいことが一貫して流れており、文体に慣れれば比較的読みやすく、意味もわかりやすいのではないかと思う。

「転期に立つ」の中では、こんなことを言っている。

「真実に触れ真相を写すことが許されず、しかも作歌を続けていくには、われわれには二つの方法以外にとる道はない。すなわち実相に立ち入る一歩前で作品を作るか、またはこれを避けて、あたりさわりのない材題に向かうかである。前者であれば、つまりは概念の歌となり、後者をとれば逃避の作となる。しかもわれわれは戦争の継続の中に、いつか知らず、あまりにも安易にこの概念と逃避の道をとってき、無反省であり無批判に相互に許し合ってきたのではなかろうか」

この文章は昭和二十一年の二月に書かれている。日本の敗戦から半年後のことである。だから「真実に触れ真相を写すことが許されず」とは戦時下の言語表現のありようを言っている。そして、それがなくなった戦後においてもなお、われわれの歌は概念と逃避の道をそのままたどっているのではないのか、と指摘しているわけである。「概念と逃避」、これが今のわれわれにとって無縁のことであるのかどうか、それを思うわけである。昔のような露骨な圧力はないけれど、現在の時代状況に慣らされてしまって、「無反省・無批判」に相互に許し合い、知らず知らずのうちに自己規制までして世に順応し、生きているのではないのか、と。

近藤の言うところを読んでいると、本当に時代は変わったと感じざるを得ない。近藤の物言いには敗戦後の日本をどのように良くしていくかという使命感のようなものが感じられる。だから、理想論でもある。現在のわれわれに使命感とか理想論があるのかどうか。

次の「幇間の如く成る場合」では、土屋文明の歌をあげて書いている。

歌よみが幇間の如く成る場合場合を思ひみながらしばらく休む

という一首である。この「しばらく休む」とは何を休むのであるか。それは選歌という作業を休むのである。これほどの痛烈な批判があるであろうか。近藤の文章では、自明のこととして「しばらく休む」の説明がなされていないが、今となってはその説明は必要であろう。

短歌を作るという行為にはとても恐ろしい面がある。つまり、どのように表現し、また修辞をつくそうとも、その人の内面、本心がどこかににじみ出てしまうということである。ストレートに表現した場合ではない「概念と逃避」の場合においても、それは見透かされてしまうのである。それが結果的に「幇間」のような姿勢となり、自分の人生の上に流れてきていると知ったとき、自分はどうすればいいのであるか。これは、今の自分に突き刺さってくる問題である。

近藤は短歌の中に見える「市民的善意の卑小さ」「歌人群の知性の卑小さ」「歌人群の救いがたい市民根性」を指摘する。歌人が幇間のようにならないために、近藤はこう結論する。「歌人は卑小な身辺の智慧より、智慧の世界性へと出なければならない。これまでわれわれは、あまりにも世界の田舎者に安んじていた」

現在は、「卑小な身辺の智慧」というよりも、卑小な身辺の感情、あるいは発見・機知、そういったものがもてはやされている時代ではなかろうか。「世界の田舎者」という言い方には戦争を生きてきた近藤の実感がこもっており、当時の本当の気持ちを言ったものだろう。

こういう近藤の意見は、書名ともなっている有名な「新しき短歌の規定」に入ると、さらに論旨が明快となってくる。冒頭の一節「新しい歌とは何であらうか。それは今日有用の歌の事である」は、多くの人によって繰り返し引用されている。近藤の言の要点は次の三つである。「新しき短歌はレアリズムに立つ」「健康な表現をとること」「簡潔であること」。

以下に、近藤の言うところを略しながら引用する。

「葬式自動車のごとき余剰装飾を最も嫌悪する。〈略〉われわれの美しとするものは近代建築の単純美であり、B29のもつ科学のぎりぎりのとる姿の美しさである」「新しい短歌の抒情は、ちょうど鋼鉄の新しい断面のような美しさをもった抒情だと思う。静かな、知的な、しかも澄んだぎりぎりのところにある抒情だと思う。理知に移ろうとするあやうい一点にふみ止まった抒情の美しさだ」「現実に誠実に対決するところから打ち出すものが、われわれの肉体の思惟自体でもあるのは当然であり、作品の累積が思惟の過程を自ずからとることも当然である。今われわれは思惟の美しさを考えなければならぬ。思惟の美しさは感性の美しさの上位にある。新しい短歌の美しさをこの点からも考えるべきだと思う」

私はこれまでの長い間、「理知に移ろうとするあやうい一点にふみ止まった抒情」という言い方に強い魅力を感じてきた。それは今も同じである。そして、「作品の累積が思惟の過程を自ずからとる」というところが、いよいよ恐ろしくなってきたのである。その時々の自分の内心のありようがそのまま表現に出てしまうという、先に私が言ったことの源はここにある。これをさかのぼれば土屋文明に行き着くだろう。

近藤は、「現実に誠実に対決する」と言い、「思惟の美しさ」ということを言う。これらの言葉の意味するところが、私にはすでにわからなくなっている。

時代ことなる父と子なれば枯山に腰下ろし向ふ一つ山脈《やまなみ》に
己一人のみに足り居れぬ心なら如何なる考方も我うべなはむ

これは土屋文明の『山下水』という歌集に見られる歌である。戦後の昭和二十一年に作られている。敗戦後の社会で新しく生きていこうとする息子。その考え方の違いについて、文明は二首目のように自分の気持ちを表明している。

近藤のこの時期の荒々しい発言にも、「己一人のみに足り居れぬ心」があったからなのだろうと私は思う。今の自分にそういう切羽詰まった心があるのかどうか。だから「誠実」も「思惟」も、まことに実体のないものに感じられてしまうのである。

『喚声』から『埃吹く街』を見る

一

私が新刊の近藤芳美歌集を手にしたのは第六歌集の『喚声』が最初であった。箱も表紙もすべて白い、かなり厚い一冊であった。『喚声』が出版されたのは一九六〇年一〇月とのことであるから、たぶんその年のうちに書店から父のもとに届けられたのだと思う。田舎の生活では、歌集は書店に注文して買うより他に入手の方法はなく、その翌年に出版された岸上大作の『意志表示』は自分で書店に注文しに行ったことをおぼえている。

『喚声』以前の近藤芳美の歌集は、ときどき父の書棚から取り出して読んでいた記憶があるが、なにしろ『喚声』の装幀の新しさは、紙の質ともあいまってまさしく最新の歌集、つまり近藤の過去とではなく現在と真向かっているという印象があった。

当時の自分が『喚声』の作品をよく理解しえたとは思わないが、六〇年の安保闘争の影響は田舎の高校生活にもおよび、政治の動きにはかなり敏感になっていた。高校の体育館に集まった多数の生徒を前にして、教師が両手をあげて発言を制していたのをおぼえている。私は当時一年生だったのでただ会場の隅にすわりこんで事の成り行きを見ていただけだが、三年生が教師とはげしくやりあうのを見てたいへん感動したことをおぼえている。

いま『喚声』を読みかえしてみると、

流血の後なおつづく集会にひとりの死の意味をいまだ知るなし
催涙弾きらめく雨に追われ追われ犠牲のむなしさは彼ら言わざらん
狂熱の過ぎ去る一夜雨しぶき吾ら祖国の足かせを曳く
越えざりし越えんとせざりし一瞬を知りて吾らの負の歴史あり
新しき十年の軛《くびき》はてしなき夜の示威つづく灯を消す議事堂

といった安保闘争をうたった歌が最後に置かれている。たぶん当時はこのあたりの部分にもっとも敏感に反応したのだったろう。そしてその反応は今につづいて、私の中の近藤芳美像としてかなり強いイメージを残している。

ひょっとすると『早春歌』や『埃吹く街』の近藤芳美のイメージより強いのかもしれない。なぜこんなことを言うのかといえば、私が『埃吹く街』の中で好きな歌は、

世をあげし思想の中にまもり来て今こそ戦争を憎む心よ
苦しみし十年は過ぎて思ふとき思想偽るにあまり馴れ居ぬ
守り得し彼らの理論清しきに吾が寝ねられぬ幾年ぶりぞ

在るままにあらき時代《ときよ》も受け行かむ其の限りを吾が良心とせむ
今にして罵り止まぬ彼らより清く守りき戦争のとき
言ひ切りて民衆の側に立つと云ふ君もつづまりに信じては居ず

といった、近藤の内面の苦悩をうたった歌であり、外界に向けた目が同時に己れの在りようをもするどく見すえる、その発想のしかたに深く共感するからである。

二

高校卒業後上京して、幾度か『埃吹く街』を読み、この歌集の持つ歴史的意義なども知った。そこで私が教えられたことは、戦後風俗を敏感にとらえてうたった『埃吹く街』の価値、ということであった。

いつの間に夜の省線にはられたる軍のガリ版を青年が剝ぐ
夕ぐれは焼けたる階に人ありて硝子の屑を捨て落すかな
夕ぐれは埃の如く立つ霧に駅より駅に歩む労働者
手をつなぎ窓に近づく幼児にチウインガムか何かを投ぐる
幾組か橋のかたへに抱《いだ》かれて表情のなきNOを言ふ声

こういう歌や、「彼ら」という言葉の出てくる歌、また、職場詠などがそれに当たる。

私はこれらの歌の価値を低く見るものではなく、むしろ、時とともによく理解し得るようになったと思っている。が、一方で『喚声』に抱いた最初の印象や、その後の近藤芳美に抱き続けてきた印象とは、これらの歌はどこか違っている、その違いは何なのかということがだんだん気になってきたのも事実である。

『埃吹く街』にあってはそれぞれに存在をきわだたせながら共存することのできたこれら二つの詠風の歌が、その後の歌集ではどのように変わってきているのか、それを見きわめることの必要を今の私は感じている。

『埃吹く街』に次ぐ『静かなる意志』にもこの両者の歌の効果的な共存が見られるが、同時に、『埃吹く街』にはなかった破綻もまた出てきている。外界を見る目が内部へのするどい視線とはならず、また別のトーンを帯びてくるような気がするからである。

私はその次の歌集『歴史』が、

みづからの行為はすでに逃《のが》る無し行きて名を記す平和宣言に
今はただ意志が平和を守るときかかる日にさへ口ごもりつつ
かく弱き希ひに平和を守らむにはやもおびゆる片隅の声
牡蠣の如もだせるものはたれたれか聡くいつの日も生きよ彼らは

といった歌ではじまっていることに、その後の近藤芳美がうたうべき主題を、またその方向を奈辺に定めていったのか知ることができるように思う。この線を追ってゆけば『喚声』の安保闘争の歌の出現はよくわかる。『埃吹く街』で戦後風俗をするどくとらえた目は、その後、世界の政治の動きを見すえる目へと視野を広げ、民族あるいは人類の将来といった問題にまで深くかかわってくるようになる。これは近藤芳美という歌人の必然の道とも思えるが、中年以後のこうした近藤の歌の世界にこだわってきた者の目から見ると『埃吹く街』の中では比較的少数に属する内面の苦悩をうたった歌、己れを凝視した歌に近藤の歌の源を見たように感じ、その線から今後の近藤の歌を見ていきたいと今の私は思っている。

『黒豹』の位置

『黒豹』は近藤芳美の第八歌集で、昭和四十三年（一九六八）に短歌研究社から出版されている。昭和四十年初めから昭和四十三年夏までの作品六九八首が収録されており、近藤の五十二歳から五十五歳までの時期である。

この間、昭和四十年にはアメリカがベトナムで北爆を開始しており、四十一年には中国で文化大革命が起こっている。そして四十二年には中東戦争、四十三年には日本で安保闘争が再び激化し始める。いわゆる七十年安保と言われる時期である。

『黒豹』は、こうした時代のなかで作られた歌から成り立っている。

『黒豹』の巻頭近く、昭和四十年の最初に次のような歌が見られる。

幾夜短き北爆飛行の報つづくことばの虚しさに又耐えんとき

密林の空白く航《ゆ》く爆撃に農民なれば死者を数えず

これは、近藤がいち早くベトナム戦争をうたった歌である。「ことばの虚しさ」を言い、「農民なれば死者を数えず」とこの戦争をすでにとらえている。

そして、その次に来るのが書名ともなっているよく知られた「黒豹」という一連である。

森くらくからまる網を逃れのがれひとつまぼろしの吾の黒豹

追うものは過去よりの声森をいそぐ老いし黒豹を常のまぼろし

こうした歌がそうで、黒豹という近藤にしては珍しく大胆な比喩が使われている。これらの作を前衛短歌運動の影響と見て、近藤までもがこうした暗喩の歌を作り始めたと、さまざまに話題になったのであった。

この歌がそのようなかたちで話題となったのは近藤にとって不幸なことであった。なぜなら、これらの歌にはベトナム戦争を悲しむ近藤の気持ちが、自らの戦争体験を通してうたわれており、近藤にしては珍しい直接的な叫びの歌であったと私は思うからである。それが比喩という別の方面で話題となり広まってしまった。

この黒豹には、戦場の一兵士であった近藤自身の姿が重ねられている。ベトナム戦争の戦地を思いつつ、かつての、そして現在も無力な自分自身をその戦争の現場に置いて怖れ慄いている。近藤がこのようなかたちで自分自身を表現の上に出すことはこれまでにはなかった。第四歌集の『歴史』には昭和二十五年に起こった朝鮮戦争に対する歌が収められているが、それらは次のような歌であった。

陰惨なゲリラとなりて散り行くかありありと彼の凍る野の上

勝敗に追はれさまよふ飢餓の民吾らならずとたれが知り得む

埃雲野にくらく立つ今日も又君の朝鮮に飛ぶ重爆ら
幾たびか又前線を退《ひ》く軍に見て立つのみの民と告げつつ
ああ吾に京城は美しき記憶にて無人の街に入り行く部隊

さまざまに戦争の場面を想像してうたっているが、そこに、かつて兵士であった自分の身を重ねてみるといった姿勢はあまり感じられない。

最初にあげた歌の二首目に「農民なれば死者を数えず」という表現が見られるが、ここにあげた五首もそれと同じ立ち位置にあると言うことができる。

それが、先にあげた黒豹の歌では一歩踏み込んだ近藤自身の叫びの歌となっているのである。しかし、この歌は発表当時（「未来」昭和四十年五月号）あまり良くは言われなかった。いくつか例を出してみると、

「この歌を誌上に見出したときの仲間であるわれわれの反応は異様であった。『とうとう！』『まあ！』『ふむ！』『やった！』etc etc……であった」

「かつて私はこの一首を、塚本邦雄の解き放った短歌的呪縛の、遠く近藤芳美にまで及んだ現象と釈き、『黒豹』を清水建設株式会社というような巨大な資本主義社会における企業内で歌人でありつづける苦悩ととった」

（以上、田井安曇著『近藤芳美』）

「こう思って、もう一度よくよんでみると、どうも近藤さんはずるい、とおもう。『黒豹』という一連が、どうやら一つの鍵らしいことに気付いたからである。〈森くらくからまる網を逃れのがれひとつまぼろしの吾の黒豹〉なぞという歌は、近藤さんの歌としては全くのかわりだねであって、発表当時も、ヘンなものをお作りになったな、とおもってよんだのである」

（岡井隆著『近藤芳美と戦後世界』）

岡井の文章の引用はわかりにくいが、うまくお伝えする方法がない。実際に読んでいただくしかないだろう。近藤に対する同情のない物言いで、「『老いし黒豹』なぞという、妙なイメージ」とまで言っている。

岡井にしても田井にしても、「未来」創刊以来のメンバーは、この時期、近藤芳美を批判することに厳しかった。それは、この引用だけでもおおよその雰囲気はわかるのではないかと思う。まわりの親しい人たちからこんなふうに言われて、近藤の試みはこの一回だけで終わりとなってしまった。以後には、次のような歌が見られる。

一生《ひとよ》吾に死者との対話かかる夜を雨の軍靴のまぼろしが行く
銃を喪い綿野をさまよいゆく兵の吾が影ならず負い生くる過去
霧の夜ごと舷にめぐりし稲妻の記憶よ一生の逃亡者われ
見ている明日吾が言わざらむ屈辱は恐怖は一生の兵の影ととも

ひと生吾《よ》が抱くまぼろしに国凍り農民を見ず吾は兵なれば

これらの歌にも確かに近藤の苦悩は満ちているが、黒豹の歌のような飛躍した比喩によって自身を表現した鮮烈さはない。これらの歌は『歴史』の頃からの歌と同じ位相にあり、近藤の歌としては一つの場所に停滞しているような感じを私は受ける。

戦場をうたった近藤の歌として、すぐれていると私が思う作をあといくつか『黒豹』の中からあげれば、

ヘリコプター敵地に降りてなびくすすきいだく悲しみのすき透るまで
砂漠の軍みな円陣のまま亡びそのひそけきを空よりうつす
暗緑の戦車暗緑の兵のむれ夢に逃れんと急ぐ街々

といった歌である。一首目の下句はいくらか感傷的なのかもしれないが、私には近藤のすき透るような悲しみの気持ちが伝わってくる。二首目の砂漠の歌は中東戦争をうたった歌だろうか。近藤には、こういう的確な描写によるリアリズムの歌をもっとうたってほしかったと思う。

三首目の歌の「暗緑」からは、近藤の第十四歌集『祈念に』の中の「暗緑の塔」一連を思い出す。

人間が作り出し今人間のものならぬ終末の武器にして暗緑の塔
核兵器の数がみずからの意志を持つ日ようやくに人間の声などはなく

このような歌である。昭和五十七年に作られており、近藤、六十九歳。戦争や武器をうたった近藤の歌はその初期から死のときまで続く。私などとは違った、大きな転換の時期に生きざるを得なかった近藤の人生を思う。

いま述べたように、近藤の戦争への思いをうたった歌は生涯にわたって続く。第一歌集『早春歌』の時期は実際の兵として戦地にあり、その後は、兵として在った自己をさまざまに振り返りながら折々の戦争に敏感に反応してうたってゆく。近藤の視線は、戦争だけではなく、戦争を引き起こす国際社会の動きや政治問題にも鋭く迫ってゆく。そうした視線は近藤の歌の初期から見られるが、この『黒豹』に至って微妙に変化し始める表現上の問題がある。それについて見てみようと思う。

何首か例をあげてみれば、次のような歌である。

かぎり知らず政治の刻印に伏すものらいずくゆか怒りの裁きのもとに

思想の憎悪なお流血を見ぬしばし今日のみ絕るものも言わざらん

血ながさぬ思想のたたかいの凄惨に怖れて一国のことを目守るのみ

今再びその革命を虚妄となす国の苦しみか一人の絶望か

国の焦燥はてなき犠牲を名指すとき聞く狂熱にまた吾が耐えん

「一九六七年早春」と題された百首のなかの歌である。全体が五首ごとにわかれ、それぞれにテーマを置いて作られていったものと考えられる。多くの歌を同時に作らなければならないときに近藤が採用していた作歌方法の一つである。ここに上げた五首は並んで出ているから、ひとかたまりの連作と見ていいだろう。どこかの国の思想的な戦いについて思いを馳せているのだろうということは想像が付く。中国の文化大革命を思ったり、毛沢東を思ったりするが、どうにもそれ以上には入っていけないのである。政治詠だから作者の立つ姿勢を明確に示せ、などとは言わないが、近藤の抱いている怖れ、危惧が果して読者に本当に伝わるのかどうか。当時の世界状勢などを論評して解説風に何かを言おうとすれば言えるのかもしれないが、なんとも虚しい感じが私にはする。

近藤のこうした自問自答するような自閉的な苦悶の歌は、さかのぼって考えれば、第三歌集の『静かなる意志』あたりくらいから既に見られるのかもしれない。

唯ときに淡きかなしみが来《きた》るのみ描かれて行く未来も信ず
あくことなき個の憎しみはいけにへを重ねて行かむ明日の日のため
ありありと血を流し行く革命に其のはての世と何と生れむ

こんな歌がそれに近いだろう。次の『歴史』からも少し引いてみる。

老い行く日見て居る如き愛情と吾にすべなき時のなみだか
何に追はれ命絶ち行く知性のむれ勝ち栄ゆる日彼の国にして

こうした歌群は、わかるかわからないかという判断をまず求められてしまう。そして、観念的にはわかるのである。しかしそれ以上のものとして響いて来るものは残念ながら私には感じられない。

たとえば『歴史』の一首目、「老い行く日」というのは妻のことなのだろう。それを見守ってゆくことも愛情の一つのありようととらえるが、自分にはどうすることもできない、時の流れに涙するのみである、と、こういった意味なのだろうか。

『近藤芳美集』（岩波書店）第二巻の月報で小市巳世司は「近藤の舌足らず」ということを言っている。言い出したのは土屋文明だそうだが、この舌足らずの表現が若いときには新鮮であり、魅力ともなっていたのだが、それがだんだん度を過ぎて来ると理解不能の寸前にまで行ってしまう。

近藤芳美の歌にはその初期から舌足らずになる可能性があったが、『早春歌』『埃吹く街』の頃は土屋文明の影響などもあって、その特徴は良い方面に発揮されていたのだと考えることができる。それが、『静かなる意志』を経て、『黒豹』あたりにおいて大きな転換点を迎え、近藤の表現にだんだん妙なゆがみが生じてきているのではないか。そんなふうに私には思えるのである。

近藤のゆがんだ表現の歌を、『黒豹』以後の歌集に指摘するのはたやすいが、これ以上それを追及しても生産性のある鑑賞論は出てこないだろう。

私は、晩年近くの近藤の必死の歌をあげて終わりとしたい。
こういう表現には賛成できないと言う人がいるかもしれないが、「舌足らず」と言われながらも、近藤が推敲の果てに至りついた独特の歌の世界である。それを見ていただきたい。

怒りをいえ怒りを抒情の契機とせよ今つきつめて「詩」といえる営為　『祈念に』
人の知のその始源よりなおも知らむ安らぎは歴史の信頼のゆえ　『磔刑』
老いて得し平安にしてまとうもの背を立てよこころ屈してならず　『未明』
社会主義幻想崩壊の後に来る世界を知らず思想に問わず　『岐路』
戦争が業ならばその業の果て返る静けさを生きて誰が見る　同
生と死ともとよりなしと知ることの老いの極みの救済が生る　『岐路以後』
絶対の「無」を救済に思うとし一切の人間の限界に立つ　同

『アカンサス月光』を中心に

一

近藤芳美の第十一歌集である『アカンサス月光』の中から次のような歌をひろってみる。

1 たちまちに昨日のことか指さしてその殺戮者を君の中に問え
2 陸軍桟橋残りて沖に鎖とざすここも過去と呼べ生きてひとり来て
3 流星雨待つ夜を雲のみな白くかすかにきざすおののきは言え
4 憎悪の地を今日を追わるる吾ならず生きて知りたるものも過ぎ行け
5 狂者の王選びし民の沈黙に過ぎて行け歴史の時のたちまち
6 陽をはるか廃墟を歩みつづくものまぼろしと負え一生《ひとよ》吾が影と

これらの歌どれをとっても、近藤芳美の生涯のテーマである民族と政治、戦争の問題が色濃く出ている。私は、この文章で近藤芳美の歌に頻出する命令形の意味について考えたいと思い、『アカンサス月光』の最初からひろい出してみたところ、最初の十数ページは以上の如くになった。

1は、殺戮者としてあった（あるいは、あるかもしれぬ）己れを自分の中に問え、と命令している。

2は、かつての戦争につながる桟橋に来て、1と同様、忘れることの早い人々に対して、過去と呼びたければ呼べ、自分にとっては過去のことなどではない、と言っている。

3は、夜の白い雲を見るだけでも、かすかにきざす「おののき」、それは作者の戦争の記憶から常に身につきまとって離れない「おののき」なのだが、その「おののき」を、みずからに「言え」といっている。この「言え」は他にもいくつか出てきて、解釈のむつかしいところであるが、ここでは、一応自己確認の「言え」ととっておく。

4には、この作者によって多用されることば「憎悪」が見えるが、これは、「焦燥」などと共に、多く国家・民族のある政治状況をさして使われていることが多いようである。そして、この4の歌は、ある国家から追われようとしている人をうたって、それは今はこの自分ではないという認識と共に、いつ自分の身にもそれがふりかかってくるかもしれないという恐れの入りまじった感情をこめているが、さらにそれも時の流れの中に「過ぎ行け」とつき放されている。

5も同じく、歴史という時の流れの中につき放してみている。

6には、これもこの作者によってある時期から多用されることば「まぼろし」が出てくるが、この作者にとってもいつからか「まぼろし」となってしまったもの、「戦争」のひとこまひとこまの光景を、一生負って生きて行けとみずからに言いきかせている歌である。
もう数首ひろってみよう。

7 知るゆえに人より真実を指せるのみ世を経しなみだあかときに湧け
8 かの火焔見しものらみな弱者らの悲しみに言え夏めぐりつぐ
9 軍の制圧或る日すべてを絶つときを見ていよ愚かに平安と呼ぶ
10 彼らみな永遠の奴隷鞭を待つ法悦の眼は群衆に見よ
11 感傷に幼き犠牲らの死は過ぎて民族と呼べ憎悪の幻影
12 最下級のひとりの兵として生きしのみ知るわななきのなべて過去と言え
13 今日出でて行かねば雪にしずむ谷生くる日今も吾に修羅と知れ
14 独裁者がひとりの詩人を怖るる日声やむ世界をつねに知ると言え

7は、前後の歌から考えても作者自身のことを言っているのだろう。この上句の発想は、この作者の歌を考える上で重要な意味をもっていると思う。そして涙よ「湧け」といっている。あけがた頃おのずから湧く涙に作者は身をまかせて寝ているのであろう。それを強く「湧け」といって、そこに、他者に対する己れの意志をこめようとしている。

8は広島をうたった歌だが、「弱者らの悲しみ」に何を「言え」といっているのであろうか。さかのぼって『黒豹』にも、同じく広島をうたって、

たどたどと指に今日の日の鶴を折ることばなきものを弱者と憎め

という歌がある。この「弱者」という言葉は、事実としてそうだということの他に、作者の政治状況に対する批判、怒りがこめられているのは当然であるが、8の歌で「言え」といい、あとの『黒豹』の歌では「ことばなきもの」といい、「憎め」という、これも作者の気持をうらがえしての他者への批判の言葉と、もちろんとれるのだが、何か、それ以上の毒々しい感情、それこそ憎悪のようなものが感じられる。他者への怒り、あるいは、他者の眼をするどく知るあまり、歌が作者自身を飛び離れて、人の心の底を見すかした天からの糾弾のようなおもむきを与えてしまっている。ところが作者はもちろん神ではないから、そこに、人間のもろもろの感情を超越した、冷酷ともいえる感じ、いくら対象をうたってもそれにより添っていかない、つき放したような冷たい印象となるのである。

9は、「愚かに平安と呼ぶ」人々を責めて、「見ていよ」とみずからに、また他者にも言い、己れの認識を示している歌。

10は、この歌の前に

民衆がまねくみずからの奴隷の日軍革命ののちは知らねば

という歌があり、民衆・群衆というものはそのような存在にしかすぎないという作者の意見・主張であろう。「鞭を待つ法悦の眼」という表現には、8の歌と同じく、何か作者の憎悪のようなものが感じられる。
11、この歌の下句「民族と呼べ憎悪の幻影」はどうであろうか。ここにも「憎悪」と「幻影」があり、この場合の「呼べ」はどのように解釈したらいいのだろうか。これは後にふれる。
12、「知るわななきのなべて過去と言え」。先の2の歌と同じく、人は「過去」と言え、だが自分にとっては過去ではないという感情が、弱々しくではあるがうたわれている。この歌の場合、上句が概念的であるため、この感情も、4、5等の歌との関連からいえば「時」の流れの中に解消されていってしまうかの如くに見える。それをそうさせまいとして自己励起しているというのもこの作者の一つの作歌姿勢であるだろう。
13、この歌の「修羅と知れ」は、みずからに言っているのであろうが、なんとなく他者の眼も意識した表現である。雪にしずむ谷に、かつての作者の体験や、その他の知識が重なって、みずからを再確認する叱咤の歌ととるわけだが、そこに、自分だけでなく、おのずから他者をも叱咤するかの如き雰囲気が浮かびあがってくるというのが、ある時期からのこの作者の特徴ではないかと今の私は思っている。
14、韓国のことをうたった歌である。「声やむ世界」とは何を意味するのであるか。また、「知ると言え」の「言え」も、3の「言え」や、11の「呼べ」と同じく、解釈に困るところである。私の解釈でいうと、まず「声やむ世界」というのは、作者にとって批判されるべき世界、つまり本当は声を大にして言うべきことをも言わずにいる臆病な人々の世界ということになるが、それを作者近藤芳美は常に「知っている」、そして「言え」である。この「言え」を単なる強調の如き意味あいでとればそれですむのであるが、もっとつっこんで考えるならば、作者はもちろんそういう世界を知っている、そして他者である多くの人もそれを知っているのである。そして、ただ知っている、そういうものだとわけ知り顔に知っているそういう人間のありようを、知っているというだけならいくらでも言える、言いたければ勝手に言うがよい無責任の徒よ、とこう解することもできなくはない。その場合、作者の声は、再び天の声の如きものになるのであろうか。

いずれにしてもこの「言え」には、他者に対する強い批判がこめられている。とすれば3の歌の「おののきは言え」も、もっと強い自己主張の歌、己れの「おののき」を通してそれを他者に向かってつきつけている歌ともとれる。11の「民族と呼べ」もそうであろう。11の歌の前後の数首をあげると、中東戦争をうたった一連で、

平安をいうな虚構に生くるなべて死は曝れざれと白昼の街
生き合うと何に今言う憎悪の町幼児殺戮は声と過ぎつつ
地の上に愚かに満ちて神を喚べつねに亡びのときの如く今

といった歌が見られる。どれも激しい口調の歌だが、11の歌でいえば、たやすく人の死を感傷して、それを民族の中での問題と呼びたければ呼べ、そう呼んですぐ忘れさる者たちよ、という

ことにでもなるのだろうが、五句の「憎悪の幻影」が、相変わらずある雰囲気以上には理解できないので、作者自身の姿勢、主張もわからないままである。今あげた「地の上に愚かに満ちて」の歌は、「神」が出てくるので、地球上の全人類ではない、ある民族をさしてうたっているものととるが、ここにも作者の高所からの冷酷な目が働いている。

二

これまで、『アカンサス月光』の中に見られる命令調の歌について見てきたが、近藤芳美のこうした傾向はいつごろから見られるのか調べてみることにしよう。私の見た範囲では、『静かなる意志』の、

貧しきもの再び弱きとき来り声ひそめたる彼ら見て居よ
投げつけし肉に貪り寄る犬の如き君らと見て居ると知れ
罪あらぬもののみ罪の自責ありこの行く群衆の従順を見よ

こうした歌が特徴的であるが、一首目は、はるか『アカンサス月光』の14の歌にもつながるものがあろう。二首目は、後年の歌の特徴が、よりあらわに出ている一首。三首目の歌の群衆は、10の歌の群衆とは違い、愚かかもしれないが、まだ個々の生きた人間として作者の愛情の中にある。この時期には、

批判にはただ猛りつつ世の隅にはや清く居る主義の使徒らよ

という歌もある。

次の『歴史』には

牡蠣の如もだせるものはたれたれか聡くいつの日も生きよ彼らは

という歌があり、これも14の歌につながるであろう。『冬の銀河』には、

力の下平和はありとためらはぬ其の声々も見まもりて居よ

『喚声』には、

救世主の一人の偶像を得しのみと圧政の下声あげて笑え

がある。これは沖縄をうたった歌の中の一首だが、この「声あげて笑え」には作者の何がこめられているのであろうか。「声あげて笑う」とする以上に、強く、たくましい笑いへの願望をこめているのだろうか。

次の『異邦者』には、

躓きつつ躓きつつ行く歩みと言え今寡黙なる歩みを信ず

常に降る夜の空の雨煤色の雨のそこひの青春と言え

寸断され寸断されてみな遠き声なり怒りは今も若く澄め

その他数首がある。これらはどれも作者の思いのこもったいい歌であり、後年の調子とはおも

むきを異にしている。

そして、このあと『黒豹』から、作者独得の漢語と共に「まぼろし」が頻出しはじめ、命令調の歌もがぜん多くなってくる。『黒豹』に十数首、『遠く夏めぐりて』に三十数首、『アカンサス月光』に三十数首といった具合である。類似の表現を入れればもっと多くなるであろう。『黒豹』『遠く夏めぐりて』の中から、特徴的な歌をいくつか拾って見ることにしよう。

『黒豹』では、

君ら守る侘しき椅子のバリケード日本の青春といずくへか呼べ
朝を待つ舟艇衛兵の河の微光寥々とみな時の過去と言え
面あげていうべき虚偽を今歴史に見て居よ文学にこの事を賭く
八月六日はるかに今日をつたうる街聞き涙ぐむ吾ありと知れ
ひとり指してスパイと呼ぶをうたがわぬ世界を老いてさまようと言え
バリケード吹かれて学生の影を見ずかかる日選択を迫るものを言え

こうして見てくると、作者はいったいだれに、また何に向かって「呼べ」「言え」「知れ」と言っているのであろうかという疑問が湧いてくる。三首目の「見て居よ」は、この作者にとっては長い推移をもつことばである。ひとりの知識人として「見る」ことに常に賭けてきたこの作者が「見て居よ」と己れを責め、ひいてはそれが他者に対する批判となるなりゆきも、私なりに理解できるのであるが、この三首目でいえば、下句の「文学にこの事を賭く」の中味が、さらにどのようにつきつめられてゆくのかを見ようとするとき、己れへの鞭打ちであったはずの命令口調が、いつしか他者への怒りの言葉となり、ひいてはそれが、ある一般的な風潮に対する怒りとして、指弾者であるかの如き様相を示してくると、作者の声は、わかるのだが、その先の問題、先の歌でいえば「文学にこの事を賭く」とは、このように不特定の他者への批判、疑い、問いだけなのだろうか、という気がしてくる。言われている側のひとりとしてこれを読むとき、ではその先どうせよというのか、というとまどいと共に、そのように糾弾してやまない聡明なる眼に、詩としても人間としても、あるむなしさを感じないわけにはいかないのである。

『遠く夏めぐりて』を見てみよう。

宙吊りの思想と嘲笑のめぐるかた老いて求めてさまようと言え
戦争になるを怖れし語らいにわかちし貧しき日々のみと言え
ロビーを埋め階を埋めつつたむろする反戦集会のむれとのみ言え
仮面の生ついに真実の生と知れ心深夜を叫び走りつつ
その歴史を許し来たりし青春と何に今いうや翩々と言え
生くるかぎり兵たりし過去死者の過去負う亡霊と人はまた言え

長くなるから引用はこのくらいにしておこう。たとえば三首目の「むれとのみ言え」、だれが

「むれとのみ」言ったのであるか、新聞記者か知人か、それはだれでもよい。だがしかし、そういう視線のみを気にして一首を作る作者の姿勢に、ある表面的な類型がないだろうか。ここにあげた歌には特にその類型を感ずる。五首目の「翩々と言え」にしても、こううたいきることによって、一首の中に何がこもるというのだろうか。この五首目の上句のような光景には、私もかつて何度かお目にかかったことがあるが、それに対する一首の核が「何に今いうや」であり、それを受けて再び「翩々と言え」では、あまりに表面的にすぎはしないか。

己れ自身の存在を深いところからうたうというよりも、他者の視線を意識するあまりのポーズとして類型になっていると私は思うのである。

この他、己れに執した歌では、

生くるならば勝者と生きよ夜を一生吾が影歩む分身の兵

夜をひとり軍靴を踏みて行く吾のまぼろしは呼べ風の喚ぶ声

わななきてかえる屈辱を追憶と一生にいだけいのち生きし生

といった歌もある。「屈辱」とか「恥」といったことばも多く見える。今にして、ますます屈辱を感ずるという発想に、近藤芳美の自己励起と共に、そのうらがえしとしての怒り、すなわち屈辱を知らぬ者、今の平安にのうのうとしていて政治を、歴史を知らぬ愚かな者への怒りが感じられる。それが時には己れに執するかたちになってあらわれ、時には現実を越えた聡明な眼で

「言え」「知れ」「見よ」等々とうたわれているのだが、それがひとたび己れに向けられると、

真実を言えというならたぎつ思い炎夏の砂にひそむごとき夜を

ことばあかさばたちまち脆き平安をあやうし人ひとりのため守り来つ

というように、どうも他へ拡散してしまい、「文学にこの事を賭く」という主張にくらべて、あまり明確ではないように思うのである。近藤芳美の内部に秘めもたれていることばとは、いったい何なのであるのか。時にくぐもるようなうたいぶりとなるこの作者の一面を考えると、それを知りたいという気持が強く湧く。

その時々の政治状況に対する作者の思い、叫びと共に、内に秘めた作者のことばをこそ、聞きたいと私は思うのであるが、どんなものであろうか。「老い」や「時の流れ」の中に流してしまわないで、はたまた、その「時」の状況の中に拡散してしまわないで、己れ自身の秘めたる屈辱の歌を、などと私が願うのは、生意気に過ぎるであろうか。これまでの長い歌の集積の果てに、いよいよそれが求められていると私は思うのだが、その辺について、近藤芳美はどう考えているのだろうか。

交叉する影——近藤芳美と山崎方代の戦後

山崎方代は生前に近藤芳美とどのくらいの交流があったのだろうか、不明にして私はまったく知らない。以前に私は「聞いてみればよかった——山崎方代のこと」という文章（『定型の方法論』所収）で、方代氏が近藤芳美の講演を聞いている場面について書いたことがある。近藤の講演の内容は戦時下における人間の「個」という問題についてであり、「個」のあり方が西洋と東洋では如何に違うかといったことを話題にしていた。そして、人間の「個」の表現が自分一人の内部世界だけでは済まされない時代に自分は歌を作り始め、生きてきたと述べる。つまり戦争下での個人の問題である。方代氏に近藤の講演についての感想を「聞いてみればよかった」というのが先の私の文章のテーマだが、たとえどんな答えが返ってきていたにしてもこれは確かに聞いてみたかった問題ではある。

近藤芳美と山崎方代は一つ違いであった。近藤は大正二年の生まれ、方代は大正三年の生まれである。同世代の二人ではあるが生き方はまったく違っていた。そんな二人をくらべながらいちいちその違いについて指摘することは或る面ではとてもたやすい。だが、同時にそんなことをしてみてもあまり意味がないのではないかという気もする。

ただ、時代の流れのなかに置いたときの二人のありようの変遷については、いくつか確認しておきたいと思う点がある。

大下一真の『山崎方代のうた』の巻末には方代を知るための参考資料がたくさん掲げられており、この本以後にもまたいくつか方代をテーマにした本が刊行されている。たいへんな勢いである。

山崎方代の魅力について盛んに語られるようになったのは、ここ二十年くらいの間でのことだろうか。それ以前はあまり話題にされることはなかったと思う。それに対して、近藤芳美は戦中戦後を通して歌壇では注目され続け、毀誉褒貶のなかで作品を発表してきた。

現在の状況が続くかぎり、方代はさらにいろいろと話題になっていくことだろう。近年の或る時期から人々の関心、というか思考の興味がクロスするようなかたちで近藤芳美と山崎方代の立場を入れ代えていった、そんな印象を私は受ける。こうした時代の移り変わりを、私はとても興味深く思うのである。

山崎方代の歌は確かにおもしろい。いろいろと読者の想像力を刺激するが、その大半は彼の生き方とからみあっている。嘘も真も含めて、歌のおもしろさが人間のおもしろさへとつながっていっている。そして歌がどんどんと読者自身の領域において深読みされていくような感じもする。歌も人も、方代自身を離れて一人歩きをし始めているのかもしれない。残念ながらこうした幅の広さは近藤にはない。もともと近藤のめざすところはそういう個人的な世界ではないのである。こうした鑑賞の推移は、読者の興味が作者の思想とか生き方を作品の上に読むという姿勢とは別の、多様な幅をもって成熟してきたということなのだろうか。

そんなことを考えながら、二人の戦後詠を見ていきたい。歌は、それぞれの歌集『方代』と『埃吹く街』から引用する。

わからなくなれば夜霧に垂れさがる黒きのれんを分けて出でゆく

今日は今日の悔を残して眠るべし眠れば明日があり闘いがある

ゆくところ迄ゆく覚悟あり夜おそくけものの皮にしめりをくるる

かなしきの上に泪を落す時もわたくしの感情にはおぼれておらず

明日は明日の生きかたがある一輪の花と財布をおし込みて去る

『方代』の最初のほうから引いた。敗戦後の混沌とした時代に生きてゆく悩み、或いは、覚悟のようなものがうたわれている。こうした雰囲気に通ずるような歌を、近藤芳美の『埃吹く街』のなかからさがしてみると、

世をあげし思想の中にまもり来て今こそ戦争を憎む心よ

苦しみし十年は過ぎて思ふとき思想偽るにあまり馴れ居ぬ

つづまりは科学の教養に立つ自己を恃みとなして対はむとする

疑ひをうたがひとして死に行きし若きいのちらに継ぐ命あれ
いち早く傍観者の位置に立つ性に身をまもり来ぬ十幾年か

こんな歌になるだろうか。近藤のほうがはっきりと自分の言いたいことを具体的に言っている。方代の場合は、その意志はわかるが、そこから先の具体的な思いの内容については言っていない。そこに作歌姿勢の大きな違いがある。

近藤の歌は当時の若い歌人たちの一つの指針のようにもなっていたが、それは、一人の人間が発する具体的な思索の姿勢、そのありよう自体が強い共感を得たからであった。

乗りこえて君らが理解し行くものを吾は苦しむ民衆の一語
民衆を憎むと云ひし吾が一語速記され居て彼らは読まむ
民衆とも或いは吾らとも言ひかへて浮き上りたる言葉のみなり
守り得し彼らの理論清しきに吾が寝ねられぬ幾年ぶりぞ
言訳けを重ねて吾は生きて来ぬ拠り行くものに君強きとき
言ひ切りて民衆の側に立つと云ふ君もつづまりに信じては居ず

こうした近藤の歌をさらにあげることができる。方代にはこうした言挙げの姿勢はない。近藤の歌の意味も今では注釈なしではわからないような面が多々出てきているが、このわからなさは時代の変化のせいであって、そこにこそ当時としては言挙げの主眼があったのだと思う。方代の歌にはそうした時代的な制約は比較的少ない、というか、方代の歌のわかりにくさは或る面では各自の恣意的な納得によって埋められてすんでしまうようなところがある。そこが、時代と共に二人の歌の鑑賞のされ方に大きな違いが出てきた理由の一つだろう。

方代の歌から、言葉の面で近藤と共通する歌をあげると、

黄の柵の外の群衆よたしかなる主義なし主張もなくてひしめく

ゆく所までゆかねばならぬ告白は十五世紀のヴィヨンに聞いてくれ

働かねば生きねばならぬ運命をある夕ぐれどきに思うよ

無一文のわれもこの民衆のひとりにてずれし靴下を又あげてゆく

つづまりはここにかえり来てかなしみて人間万歳をくりかえすなる

こんな歌をさらにあげることができる。「黄の柵」の歌の下句は方代にしては珍しい物言いだが、ここには、たぶん近藤の歌のような理性的な批判があるのではなく、自分もその一人である群衆のありのままの姿に、ふとこんな感慨が口をついて出たといったところであろうか。そう解釈してみたが、歌としては方代らしくない。二首目の歌では「ヴィヨンに聞いてくれ」と言って、自分自身の物言いは避けている。最後の歌の「人間万歳」はわからないことはないが、いくらか芒洋としていて摑み所がない。近藤の歌にはこうした芒洋とした所はなく、全体に明晰である。今となっては、時代がそうした近藤の歌を必要としていたのだと思わざるを得ない。

黄色き柵は日本人を入らしめず表情固き女士官たち
一しきり声なきままにひしめきて吾らは歩む黄の柵の外
いつよりか来てかがまれる女あり黄色き柵の中のベンチに
表情なき黒き外套の朝の群押しながら行く黄の柵の間

近藤の歌から「黄の柵」の歌を引いてみた。当時は進駐軍の表示としてその関係のものにはみな濃い黄色が塗られていたという。近藤は当時米軍基地のあった羽田キャンプで働いていたから、黄色の柵の歌が多くある。方代の歌の「黄の柵」もたぶんこれだろう。私にはわからないが、なんらかの影響関係があるのかもしれない。

おから寿司水と一緒にのみおろし売られゆく娘にマフラを投げる
父知らぬ子を産みおろす若き娘に生の卵を一つ置きて去る
かたばみの葉をぬらす雨よ娘はひくく奪っていいのよ奪っていいのよ
野毛坂のすずらん燈の灯の下をつれられてゆく浄き女犯よ

方代の歌から戦後風俗詠をあげてみた。こうした面では大野誠夫の歌がよく知られている。近藤のこうした面での戦後風俗詠は、

松葉杖に病衣の一団が街に立つ彼らあはれみを乞ふ声ならず
日の入りの埃吹かるる橋の上いだかれて立つ表情もなく

幾組か橋のかたへに抱《いだ》かれて表情のなきNOを言ふ声

など、いくつかは見られるが、そんなに多くはない。方代の歌の「奪っていいのよ奪っていいのよ」から、私は近藤の歌の「NOを言ふ声」を連想し、そうした姿態の一つかと解して鑑賞したが、違っているのかもしれない。

近藤の『埃吹く街』が高く評価されたのは、そこに見られる戦後思想詠と共に、鮮明な日常詠、それが写実的な手法でもって的確にうたわれていたからであった。例歌をあげれば、

いつの間に夜の省線にはられたる軍のガリ版を青年が剝ぐ

夕ぐれは焼けたる階に人ありて硝子の屑を捨て落すかな

売れ残る夕刊の上石置けり雨の匂ひの立つ宵にして

降り過ぎて又くもる街透きとほる硝子の板を負ひて歩めり

おのづから媚ぶる心は唯笑みて今日も交はり図面を引きぬ

水銀の如き光に海見えてレインコートを着る部屋の中

といった歌である。こうした歌の雰囲気も今ではなかなか理解されなくなってきた。方代にはこのような写実的な歌はほとんど見られない。そうした写実の歌を作る気持ちはまったくないと方代自身も随想集『青じその花』の中で書いている。先にも言ったが、方代の歌は目線の低いおのれの生き方、それを根底にしてうたっているので、時代的な背景がわかりにくくなってもそれ

ほど鑑賞に困るといったところはない。わかりにくいという点ではもともと理解しがたい面があるので、時代のせいばかりではない。今あげた歌の最後の「浄き女犯よ」など、どういう意味であろうか。いろいろと辞書的な意味を考えていった末に、これはひょっとしたら使い方をまちがえているのではないかとさえ思ってしまう。方代の歌にはそういった破天荒なところがある。

近藤は戦後の時代の中で着実かつ誠実におのれの思うところや見たところを写実的な手法でうたった。それはかなり正確な描写といってよく、時代の雰囲気をよくあらわしている。そして、それゆえにこそ、時代の雰囲気を共有しない世代には理解されなくなってゆく。方代の歌には、読者の勝手な想像にまかせて投げ出しているようなところがある。そして、体温と人情味の感じられる雰囲気は、寅さんの映画が多くの人に好かれるのとやや似ているようなところがある。「方代物語」などと言われるのもそこからきているのだろう。坂出裕子は方代の戦争にこだわって『道化の孤独』を書いており、これも一つの視点ではあるが、小説を含めた戦後文学の多くは棒のようにまっすぐ、かつ、生真面目であったから、寅さんを連想させる方代のような存在は珍しいのかもしれない。マドンナもおれば和尚もいる方代のドラマである。

こんなにも湯呑茶碗はあたたかくしどろもどろに吾はおるなり　『右左口』

片付けておかねばならぬそれもまたみんな忘れて呑んでしもうた　『こおろぎ』

机の上に風呂敷包みが置いてある　風呂敷包みに過ぎなかったよ　『迦葉』

方代のこうしたよく知られた歌には寅さん的な姿が演出されている。どこまで意識的であったのか、それは私にはわからないが、近藤にはこうした面はまったくない。

現在となっては、方代の演出が時代の先取りをしていたとさえ言うことができるのかもしれないが、私は、作家の「個」のありようの変遷、というか溶解に感慨をおぼえる。こうしたありようだけでいいのかとも思うが、それは方代氏自身がもっともよく知っていたことであろう。余計なことを言っているなと思いつつ、ここまで書いてきた。終わりとする。

新しい境地――『岐路』

近藤芳美歌集『岐路』を読んだ。前歌集『命運』に続く二十三番目の歌集で、二〇〇〇年から二〇〇三年にかけての作品が収録されている。近藤の八十七歳から九十歳にかけての時期の歌である。

『岐路』には、これまでの歌集に共通した、社会（人類）の動きを見つめる一貫した姿勢が見られると共に、また、それとは逆に、これまでにはまったく見られなかった新しい境地の歌も見られる。

ときありて訴うとする悲しみの多くはかなし置きし草など
誘眠剤に頼り寝ぬるにその息の安けき傍《かたえ》雪となる夜を
寝ぬるまを降りしきる雪すべてをば覆い尽せばときもなきまで
思わねばかかるかたちにて来る老いを呼ぶひとりあれ夜のいずかた
戦場とその父の家とに離れ病む今日の如かりし遠くなお若く
相責むる二人の自分がいるとする悲しみながら知るすべもなく
こころ苦しむそのときどきの訴えのとりとめもなしつねに傍ら

不意に来て声となる歔泣を覚めておりひとりを早く寝ねしめし後

私は、こうした歌をしみじみとした気持ちで味わった。妻の悲しみをうたったこれらの歌は、これまでの近藤さんの歌には見られなかったものである。

近藤さんの妻をうたった歌は、これまでにもよく知られたものが多いが、こんなにも悲しい歌は初めてであろう。そして、妻の心の底の寂しさに届こうとしている近藤さんの姿勢も、また私には新鮮に感じられた。

一首一首について言及する余裕はないが、最初の歌は前の住居に残してきた草木を思っている夫人の姿がうたわれている。

五首目の「戦場と」の歌は、かつての離ればなれにあった時の二人の思い出である。「遠くなお若く」と結句で追い詰めてゆく表現が切ない。その次の「相責むる」の歌の夫人へのまなざしは、「知るすべもなく」と言わなければならないところに深い悲しみが込められている。終わりの二首にも長き同行者に対する労りの思いが、寡黙な表現のなかに込められている。何度も言うようだが、この種の痛切さは、今度の歌集において私は初めて感じたのであった。

そのほかの歌について見れば、呪文のようなわかりにくい歌もまた多い。これは近藤さんが遂に至りついた境地として、そのまま感受するより仕方がないだろう。社会に対する、また人間の歴史に対する、絶望と希望を行き来する錯綜した思考の苦悶をいかにうたい出すか、その試行の果ての成果がここにはある。

そうした面で感動した歌を幾首か記す。

思うとし思いあえざらむ人間が今また歴史に量り得ること

相沢正還らず樋口賢治亡く若く相拠りし「アララギ」もなし

一青春の良心のため挙《こぞ》り行けりコミュニズム幻想といえ跡もなき

戦争が業ならばその業の果て返る静けさを生きて誰が見る

ひとつときが次のときをつねに孕み一縷の幻想の今も縋るべく

言葉に希望を託す——近藤芳美の言葉

近藤芳美の第二十三歌集『岐路』の冒頭の二首と最後の二首を、まず抄いてみる。

あくなかりし戦争大量殺戮の後に来る未来二〇〇〇年の明く
一筋の英知を人間の希望とし二〇〇〇年代への指組まむ祈り
見つつゆく戦争の業いつと知らぬすべての業の終焉をまで
平和ありき平和とかつてありし未来人は悔恨を未だ思わねば

最初の二首は、歌の中で言われている如く二〇〇〇年を迎えての新年詠である。「戦争」「大量殺戮」「未来」「人間」「英知」「希望」、こうした漢語に近藤の歌の特徴がよく出ていることは明瞭である。これは最後の二首にも共通して見られるもので、こちらには「戦争」「終焉」「平和」「未来」「悔恨」といった漢語が見られる。こうした言葉を見るだけでも、近藤が九十年の人生において、何をテーマとしてうたい続けてきたのかがわかるであろう。

三首目の歌の初句「見つつゆく」は結句の「終焉をまで」につながってゆくのだろう。誰が「見つつゆく」のか。近藤自身であり、さらには人間を超えた神の如き目、そんな歴史を俯瞰するような目の存在を思えばいいのだろう。人間の英知に一縷の希望を抱きながらも、同時に人間のどうしようもない業をも思っている、そんな近藤の揺れ動く心をこれらの歌から読みとることができる。

こうした歌は『岐路』全体にわたって見られる。特徴的な歌をもう少しあげてみよう。

惨々と理念がついに政治たりしひとつのときを後をいうなし

社会主義幻想崩壊の後に来る世界を知らず思想に問わず

「歴史の終焉」彼ら希望のことばならず民衆ありきまた歴史とす

量り得ぬ彼方を摂理と「神」ともし人の知の限り初めよりして

ひとつときが次のときをつねに孕み一縷の幻想の今も縋るべく

近藤のうたう人間社会の未来は暗いけれど、決して絶望しているわけではなく、幻想と知りつつもそれに縋ろうとしている。それが近藤の歌を作るという行為の真の意味だろう。

一首目の「惨々と」、これは、心が痛むような悲しいありようで、といった意味だろう。「理念がついに政治たりしひとつのとき」を形容している。人間としてかくあるべきだという理念がそのまま政治の理念へと直結していた、(今から思うと) 痛ましい一つの時代、その時代を、そしてそれの崩壊後のありさまを、誰も言わない、(あれは間違っていたのか? もしそうだとすれば、どこが) といった意味にとれる。次の歌の「社会主義幻想崩壊」につながる思いであろう。二首目では、「思想に問わず」とはっきり言っている。ここには思想に対する絶望がある。では、それに代わるものは何か。これは我々各自の問題でもあるだろう。近藤はそう言うけれど、私は人間の英知を信じてやはり新しい「思想」と言いたい気がする。宗教に人間の英知を見ることができない私は、近藤の問いかけているものは何なのか、それを考えるのである。近藤の歌は確かに難解だが、こういう歌が非常に少なくなっている現在、その読み方（或いは、詠み方）も含めて、もう一度可能性を考えてみてもいいのではないかと私は思うのである。三首目の「歴史の終焉」、これは一時言われたことだが、今はあまり聞かない。それを「希望のことばならず」と近藤はとらえ、「民衆」と「歴史」が出てくる。これらは、近藤の語彙としてその最初から一貫しているものである。

ここで、近藤の第二歌集『埃吹く街』の中から、これまで取り上げてきた言葉と共通する言葉をもった歌を何首か抄出してみる。

世をあげし思想の中にまもり来て今こそ戦争を憎む心よ
つつましき保身をいつか性《さが》として永き平和の民となるべし
旧き権威亡び行くとき今に学び君ら思想の陰惨を知らず
守り得し彼らの理論清しきに吾が寝ねられぬ幾年ぶりぞ
ためらひなく民衆の側に立つと言ふ羨《とも》しきかなこの割り切りし明るさも
漠然と恐怖の彼方にあるものを或いは素直に未来とも言ふ

言ひ切りて民衆の側に立つと云ふ君もつづまりに信じては居ず
乗りこえて君らが理解し行くものを吾は苦しむ民衆の一語

これらの歌と、それから五十余年を経たのちの『岐路』の歌と、この二つを読みくらべつつ、私は近藤の一貫して変わらぬ姿勢を感じるとともに、やはり現在の苦悩の深さをも思うのである。『埃吹く街』にも近藤の苦しみはうたわれているが、一方、どこか昂然とした自信のようなものも感じられる。それが『岐路』には希薄なのである。それを、近藤の老いととることもできようが、もう一つ、時代があまりにもかつてとは違ってしまったという現在の状況も考えなければいけないだろう。三首目の下句に「君ら思想の陰惨を知らず」とあるが、このように繰り返しうたわれてきた「思想」が、『岐路』の「惨々と」の歌や、「思想に問わず」「民衆ありき」といった歌にまでつながっているのである。

ここでは近藤の語彙のわずかしか取り上げられなかったが、近藤の歌を理解し鑑賞するとき、繰り返し使われている言葉のその時々のニュアンスや重層性などを丁寧に見てゆく必要があるだろう。たとえば、『岐路』には「希望」「希求」といった言葉がしばしば出てくるが、これはいったい近藤のいつ頃からの用語なのかといったこと、これも、今回この原稿を書きながら思ったことの一つなのであった。

最後に、『岐路』から病む妻をうたった歌をあげてみよう。

相責むる二人の自分がいるとする悲しみながら知るすべもなく
こころ苦しむそのときどきの訴えのとりとめもなしつねに傍ら
思わねばかかるかたちにて来る老いを呼ぶひとりあれ夜のいずかた

妻をうたう近藤の世界も、その初期から一貫している。これらの歌には漢語がほとんど見られない。外を向いたときの近藤の語彙と、内に向いて妻をうたうときの語彙と、果たして違う面があるのかないのか、これも、近藤の生涯の歌を通して読むことによって見えてくる重要な問題だろう。

近藤芳美を偲んで

近藤芳美氏が、（二〇〇六年）六月二十一日に亡くなられた。享年、九十三。私が氏の主宰する雑誌「未来」に入会したのは昭和三十五（一九六〇）年のことであるから、四十六年間のお付き合いであった。

私の父は近藤氏と同年生まれで今も健在であるが、「新アララギ」（かつては「アララギ」）の会員である。私が高校一年のとき、父が、アララギ系の雑誌で当時最も活気のあった「未来」に入って勉強するよう勧めてくれたのであった。その縁により、私は近藤芳美や岡井隆の存在を知ったのである。

「未来」は昭和二十六年に創刊された同人誌的な雑誌で、近藤氏のことを先生とは誰も呼ばず、みな近藤さんと呼んでいた。氏が、先生と呼ばれることを嫌ったからである。以来、私は近藤さん近藤さんと呼び続けて、公私ともに大変お世話になってきた。

近藤氏が前立腺の癌と診断されたのは二〇〇二年のことだったろうか。それでも当時はまだお元気で、各種の会やカルチャー講座にも出講されていた。それが、二〇〇三年に強い放射線療法を受けられたために他の病気を併発し、ステロイドの副作用もあって、急に病状が悪くなってしまったのである。最後は入退院を繰り返されて、とても苦しい思いをされたことと思う。悲しく、また、残念な思いでいっぱいである。

近藤氏が「未来」六月号に発表された最後の歌を一首、紹介する。

マタイ受難曲そのゆたけさに豊穣に深夜はありぬ純粋のとき

病床でマタイ受難曲を聞きながら、氏は純粋で幸福なひとときをもたれていたのであった。今は、そう思うことで私の心の慰めとしたい。

なお、「短歌」（角川書店）の六月号は近藤芳美の特集号である。生前の近藤氏に読んでいただけて本当によかったと思っている。そして、八月号には近藤芳美への追悼文がいくつか掲載されている。私はそのどちらにも文章を書いているので、図書館などで読んでいただければ幸いである。ほかに、「短歌研究」（短歌研究社）の八、九月号や、「歌壇」（本阿弥書店）の十月号も近藤芳美追悼号である。多くの人が文章を寄せ、追悼座談会なども開かれている。ぜひ皆さんに読んでいただきたいと願って、ここにお知らせした次第である。

マタイ受難曲——近藤芳美追悼

この文章を書くために、数日、マタイ受難曲を聞き続けて過ごした。この曲は、近藤芳美が「未来」二〇〇六年六月号に発表した最後の歌（四首）の、いちばん終わりに登場している。こういう歌である。

マタイ受難曲そのゆたけさに豊穣に深夜はありぬ純粋のとき

あれは何年前のことだったか、私が勤めている小学館から「バッハ全集（全十五巻）」が刊行されることとなったとき、近藤さんは、この全集が完結するまでに何年かかるのかと私に聞かれた。私が五年くらいはかかるようですとお答えすると、それくらいならまだ生きられるだろう、と笑いながら言われ、すぐに全巻の予約を申し込まれたのだった。いま急いでその刊行時期を調べてみると第一回の配本は一九九五年の十二月であり、最終の第十五回は一九九九年七月であった。それくらいならまだ生きられるだろうと近藤さんが言われたのは、八十二歳のときなのであった。バッハ全集は近藤さんの晩年の十年間、お傍にあったことになる。

マタイ受難曲を聞きながら、「そのゆたけさに豊穣に」と重ねて言われているところ、いかにも近藤芳美らしい。西洋の文化が本当に好きな人であった。

ところで、「未来」六月号に発表された四首のうちの、あとの三首は次のような歌である。

くり返す放心を無心の思いとし君におさなきときはめぐりつ

ながきながき思い心に重ねつつ老年というさびしき時間

君にしばし留まる心を無心とし空にかすみて残る夕映

これらの歌は奥さんのとし子夫人をうたわれたものだろう。口述筆記をされた桜井登世子さんの話によれば入院中の三月二十六日、つまり、とし子夫人の誕生日に作られた歌だとのことである。「放心」とは魂が抜けたような状態だろう。それに対して「無心」は、邪心がない、感情がない、意思がないなど、いろいろに取れる。

「君にしばし留まる心を無心とし」の「無心」を、邪心のない純な心と解すれば、これは近藤さんが少女の日のとし子さんに抱いていたイメージそのままの姿と言える。だから、前の歌では「君におさなきときはめぐりつ」ともうたわれているのだろう。このように、最終の歌にも夫人への愛がうたわれている。これも、いかにも近藤芳美らしいと私は思ったのであった。

ここで、近藤とし子夫人について、思い出したことを一言付け加えておきたい。

今年の三月十八日から六月四日まで、北上市の日本現代詩歌文学館で「近藤芳美展―戦後短歌の牽引者」が開催されたが、その際に作成された図録を見ながら、私が思ったことの一つである。

「コノジダイニ　ワカクイキレバ　オソヒカカル　イカナルコトモ　ワラヒテウケム　イノリ

ツツ　トシコ」

これは近藤夫人が戦地の夫にあてて打った電報の文面である。現物の写真が掲載されており、幾枚もの部隊名の付箋が貼られているから、戦地を転々とした末に近藤の手に渡ったものであることがわかる。スタンプには昭和十五年九月二十九日とある。

近藤芳美に召集令状が来て、それを知らせるために新潟のとし子夫人とその父あてに近藤が打った電報は、

「シヨウシウヲウク　一二五ヒニウタイ　ダンジジノホンカイナリ　トシコニヨクオハナシコフコンヤカアス　キチムケタツ　ヨシミ」と読める。日付は昭和十五年九月十三日である。

つまり近藤芳美からの電報を受け取ったとし子夫人は、二週間ほどのちに、部隊名をたよりに新潟から近藤にあてて電報を打ったわけである。その文面を見よ。近藤が型どおりの言い方であるのに対して、夫人は世間体など関係なく本心からの物言いをしている。電報が部隊を転々としている間に、この文面を読んだ人がほかにいなかったのだろうか。危うくなかったのだろうか。私はそんなことも考え、また、土屋文明の影響なども思う。

この「図録」には、とし子夫人が保存してきた沢山の資料が紹介されている。それを見ながら私は、近藤芳美を或る面から支えてきたのは、この強いとし子夫人の存在なのだと思った。その姿勢には、まさしく邪心のない、純な、夫を思う心が一貫している。近藤芳美はそれを深く知っ

ていたから、このような歌を最後に残したのである。

科学技術と思想

人間が作り出し今人間のものならぬ終末の武器にして暗緑の塔　『祈念に』
人間が人間であることの絶望を昨日に見たり過ぎしというな　『磔刑』
社会主義幻想崩壊の後に来る世界を知らず思想に問わず　『岐路』

近藤芳美の歌を読み返す日が続いている。読みながら種々のことを思うが、どれも自分の本当の思いではないような気がしてくる。

「未来」という集団は人の歌を褒めることがあまりなかったので、私が近藤の歌を取り上げるときも、どちらかと言えば批判的な姿勢が多かったのではないかと思う。それが良かったのかどうかは言っても仕方のないことだが、いま、こうして亡くなられてみると、近藤の晩年は理解されることの少ない、寂しいものであったと思わざるを得ない。自分は近藤の良き理解者ではなかった。

掲出の一首目は、一九八二年の作。テレビに映し出されたミサイルの基地をうたっている。この暗緑の塔は、一九九一年には「感情なき思想なきつゐに技術というあくなき殺戮の静寂に似む」（『希求』）とうたわれ、来るべきところまで来てしまった科学技術の現在が見据えられている。

二首目は一九八六年の作。年々にめぐってくる広島への原爆投下の日をうたっている。この「絶望」は、科学技術の進歩の結果であると同時に、もう一つ、人間の思想の貧困さとしてもとらえられている。それが三首目の歌である。

ソ連が解体したのは一九九一年であるが、近藤はこのことを、繰り返し歌にしている。今回読み返してみて、その多さに改めて感動したのであった。掲出の『岐路』の歌は二〇〇〇年の作。「思想に問わず」と突き放したようにうたっているが、一九九一年には「茫々とかの日のマルキシズム幻想のすべて虚しきか虚しとはせず」(『希求』)と、まだいくらかは留保の姿勢を見せている。

近藤ほど人間の英知(科学技術と思想)にこだわり、その都度、絶望し、幻想し、希求し、人間の歴史をうたい続けてきた歌人はいない。そして、死の数ヶ月前には、「絶対の『無』を救済に思うとし一切の人間の限界に立つ」(「未来」二〇〇六年四月号)とまでうたったのであった。

雲の上

「近藤芳美をしのぶ会」（二〇〇六年九月一日）を終えて一ヶ月近い日々が過ぎた。いま私のパソコンを立ち上げると、最初の画面には「しのぶ会」の祭壇と近藤さんの写真が現われる。それを毎日見ているわけである。時には、向こうから見返してくることもある。その日の自分の精神状態がこれでわかるような気もする。

画面の下方からは一面に白い雲が湧き上がっている。これは、献花された白いカーネーションの花が盛り上がったまま写っているからそのように見えるわけである。まるで雲の上に花で飾られた祭壇があり、そこに開いた窓から近藤芳美がこちらを見ているかのような感じである。

私は毎日新聞の二〇〇六年九月十七日（日）版に「追悼　近藤芳美」という五首を発表した。私の歌に合わせて同新聞の専門編集委員である酒井佐忠氏が「しのぶ会」の写真を横に載せてくれたので、それを見ていただければ、少しは雰囲気がわかることと思う。その五首の中に、

しのぶ会終えて帰りし夜半のわれ時計を床に叩きつけたる

という歌がある。読んだ人からこの怒りはなんですかと問われた。ことばでは言いにくいが、近藤さんと共に在った時間、それが止まってしまったことへの衝動かもしれないな、とも思った。壊れてしまった時計には迷惑な話である。

近藤さんは、いま、時計が止まったままの雲の上にいる。

近藤芳美の字

いま、近藤芳美の歌稿二枚を見ているところである。一枚は、二百字詰め原稿用紙のまんなかに二首、よれよれの字で歌が書かれている。筆圧がほとんどなく、かすれたような小さなボールペンの文字である。

何度も読んで、ようやく次のように判読することができた。

思わねば静けき答えミサの夜の「神」とあることとの夢と共に

「神」とある静けき安ど寝るまでをミサの夜をあり

最初の歌の「ミサの夜の」は、或いは「ミサの後の」かもしれない。二首目はかろうじてここまで読み解いたが、結句はどうにもわからない。

もう一枚の歌稿には文字らしきものの羅列が飛び飛びに四行ほど並んでいるが、まったく判読できない。

近藤芳美の遺歌集『岐路以後』の校正を桜井登世子さんと二人でしていたとき、いくつか疑問に思った点について桜井さんに元原稿を確認していただいたが、その際に見せていただいたのがこれらの原稿である。歌の内容からして「未来」二〇〇六年四月号出詠の近藤さんの歌と関連しているように思われるが、私の判読した歌には「ミサ」という言葉が使われている。この言葉は、近藤さんの語彙としては珍しいようにも思うので、いくぶんか不安である。そういう行事がサクラビア成城で行なわれたことがあるのかどうか、そんなことも想像する。私の見ている歌稿が、もしこの時期の歌稿だとすると、それから二ヶ月後の「未来」六月号の出詠を最後に、近藤さんの歌はこの人間の世からなくなる。

私は「未来」の割付作業を長く担当してきたので、近藤さんの歌稿はしばしば目にしてきた。身体は大きいのに字はとても小さく、癖のある、右さがりの読みにくい感じの字である。これは、誤植されやすい字の典型のようなところがあり、私の記憶では、近藤さんの歌はかなりの数、誤植されているのではないかと思う。

消え入りそうな、という言葉そのままの近藤さんの最晩年の歌稿を見ながら、私はそこにひしひしと魂、執念を感じた。こういう歌反古はたくさんあるのだろう。そうしたなかから選ばれ、活字化されていった近藤さんの歌にはやはり力があり、迫力がある。

今度の遺歌集『岐路以後』に収録された歌は、生前に活字化されている歌だけに絞ったとのことだが、私はそれを正しい姿勢だったと思っている。歌反古のなかから変な歌を拾い出されては近藤さんも渋い顔をされることだろう。

では、なぜ最初に提示したような、未発表の歌稿の判読を私はしたのか。長年見なれてきた近藤さんの文字と最後の対面をし、その字は大変な変貌をとげてはいたけれど、かつての面影は確かにあった。私は、近藤さんと最後の問答がしたかったのである。

人間の限界に立つ——近藤芳美論

1

近藤芳美には、現在、二十三冊の歌集がある。第一歌集『早春歌』、第二歌集『埃吹く街』（共に一九四八年刊）から第八歌集『黒豹』（一九六八年刊）までは比較的論評されることが多いが、それ以後の歌集についてはあまり話題となることがない。これは多くの人が指摘するところである。

今回、私は『黒豹』以後の十五歌集を通読してみて、第十四歌集『祈念に』（一九八五年刊）と、最終の第二十三歌集『岐路』（二〇〇四年刊）に注目した。そして、特に『祈念に』には、近藤の長い作歌生涯において、それまでとは違った、特筆していい大きな特徴のある歌が数多く見られるように私は思った。

それは、次のような歌に代表される。

百億光年のさなかひかりなき一微塵劫初も人間の終末もなく

人間が作り出し今人間のものならぬ終末の武器にして暗緑の塔
核兵器の数がみずからの意志を持つ日ようやくに人間の声などはなく
知のかぎり集めて液晶のひかりめぐる未来の戦争に人はただ影
大量殺戮の技術なれども生みてやまぬ人智のかぎり声を断つときを
自己増殖終りなき終末の武器の世界吾ら選択はその先になく
その武器の前に誰さえ無力なる愚かは吾ら人間が負う

これらの歌は、一九八二年から八三年にかけて作られている。黒木三千代の指摘(「短歌」二〇〇六年六月号)によれば、『祈念に』には六十余首の「核」をモチーフにした歌があり、これは特筆すべきことだという。

一九八〇年代は、米ソの冷戦状態を背景にして、核兵器や各種のミサイルが両陣営において盛んに作られ、各地で反対デモなどの起きていた時期である。一九八二年には、日本でも文学者による反核声明が出された。近藤芳美もこれに加わったようで、そうした「非核宣言」に関する歌も『祈念に』の中に多く見られる。

私が注目したのは、近藤のそうした世界状況に対する姿勢に、今までとは違ったニュアンスがこの一時期にだけ少し見られることで、先回りして言えば、それは、以後すぐに消えてしまうのである。

抄出した歌の一首目で近藤は、人間の存在など宇宙的な時間の流れから見れば一つの微塵のようなものだと言っている。こうした視点が、これまでの近藤の歌の背後に無かったとは言わないが、こんなにも直接的にうたったのは珍しいのではないか。近藤は人間世界の愚かさに絶望し、怒りを発することはあっても、それはあくまでもこの地球上の人間の問題として苦悩しているのだと私は読んできたのである。二首目の歌ではミサイルの発射台のことを「暗緑の塔」と呼び、その存在を、もはや人間の力ではどうすることもできない独自の力を持った終末の武器としてとらえている。

近藤が武器の存在を「暗緑」ととらえるのはこれ以前にもいくつか見られる。たとえば、

暗緑の戦車暗緑の兵のむれ夢に逃れんと急ぐ街々　『黒豹』

暗緑の武器積むかぎり支配するこの沈黙も陽のかぎろいも　『遠く夏めぐりて』

こんな歌である。二首目は沖縄をうたっているようだ。これらの歌に見られる「暗緑」には、先の歌の「暗緑の塔」のような象徴的な感じはない。いわば、日常的な次元での形容と言っていいだろう。また、『祈念に』のすぐ前に出されている歌集『聖夜の列』には次のような歌も見られ

る。

ただ猜疑が支配する一国の意志のもと影立つ兵器の科学の清冽
相摩せる白銀の塔虚空を指す核弾頭弾にして人あらしめず

この二首は並んで出てくるのだが、前後の歌にも核兵器の歌は多い。これらの歌に見られる「影立つ兵器」「白銀の塔」もあくまで地上の存在であって、特に象徴的な意味合いを持っているわけではない。

黒木三千代は、先にあげた「短歌」の文章の中で「暗緑の塔」の歌を鑑賞してこう言っている。『人間』と大きく括る抽象的観念的な文脈に、結句のイメージを加えて創る黙示録的風景が、作者の怖れを表現し得ている」(「短歌」六月号所収「時代はうたえるのだろうか」)

私も黒木の鑑賞には賛成だが、近藤が「人間」という言葉で大摑みな表現をすることはしばしばあるから、この黙示録的風景の出現にはもっと別の要素もあるのではないかと私には思われる。それは、最初に抄出した歌群の雰囲気全体に流れる終末の意識、人間の力を超えた世界への意識である。

核兵器をうたった近藤の歌は、『聖夜の列』に見るようにそれまでにもあったが、このような終末の意識が込められた連作は『祈念に』に到って初めてあらわれたのではないだろうか。

そして、こうした絶望感から「神」を思う姿勢へと移ってゆくのは一つの自然な流れであろう。特に近藤は西洋文明を深く愛していたから神の存在を意識する姿勢は早くから見られるが、この時期のころから神をうたった歌が多くなってくるのも、人間の無力感という意識と関係しているにちがいない。

ふたたび『祈念に』の歌に帰って考えてみる。以下にあげる歌は一九八三年から八四年にかけての歌で、最初に抄出した歌群のあとに出てくる、『祈念に』の後半の歌群である。

この虚空についに時空の終るきわみ生きゆきて知るものの戦きに
有限の宇宙ともまた時空とも人に英知の到るはてにして
神のものなる英知と獣なる愚かさと人間が野獣の血に狂うとき
解き放ち得し宇宙根元の火とはいえ怖れつつ終末を地に待たむもの
地上の死滅へつづく刻々の選択に立つ日に人間の歴史は何か
寂しきまで地上に人間が継げる歴史「理性」といえり神となさざりき
こころ寂しければ人間の歴史を読む吾ら英知を今日に信じつつ
技術が今「神」であるならば行きつくはて人間に歴史の無力のことか

神のあらぬねむりのきわの何のいのり遠く憎悪のときを生き来ぬ

これらの歌から、さまざまに思い悩む近藤の姿が浮かんでくる。宇宙的なレベルでの終末観と、そこまでは突き詰めないで人間の理性と英知を思う心、それは信頼と絶望のあいだで大きく揺れている。三首目の歌では、「神のものなる英知」と言い、七首目の「こころ寂しければ」の歌では「吾ら英知を今日に信じつつ」とうたう。最後の歌では「神のあらぬねむり」と言いながら、同時に「何のいのり」とも言っている。下句の「憎悪のとき」は人間の戦争の歴史を意味しているのだろう。人間の歴史は愚かさの繰り返しであると同時に人間の理性と英知の歴史でもある。近藤はこの二つの思考のあいだで揺れながら、ここで遂に「技術」という言葉を発する。技術が今「神」であるのならば、人間の歴史は結局のところ無力な積み重ねでしかないということになるのか、という近藤の問いである。

最初に抄出した中の一首〈大量殺戮の技術なれども生みてやまぬ人智のかぎり声を断つときを〉にも「技術」という言葉が出てくるが、この歌では、人智（人間の英知）の声が途絶えたとき大量殺戮の技術（の結果としての兵器）が生まれ続けると言っていて、ここでは技術はまだ人間の側の領域としてうたわれている。その「技術」があとの歌では神の領域へと移ってしまっているわけである。

しかしこのような近藤の姿勢は、『祈念に』以後にはほとんど見られなくなる。『祈念に』から約十年後に出された『希求』という歌集に次のような一首がわずかに見られるくらいである。

感情なき思想なきついに技術というあくなき殺戮の静寂に似む　『希求』

この歌では「静寂に似む」と言っている。先の「暗緑の塔」に近い雰囲気、つまり黙示録的な世界を想像することもできるが、ここには近藤自身の主張は見られず、また、神へと志向するような姿勢も感じられない。

人間の技術への絶望的な思いが神との関連でうたわれるのは『祈念に』においてだけで、その後の近藤の思考は、そのような超絶した世界へとは向かわなかった。では、近藤はどのような方向に向かったのか。それを見てみたいと思う。

2

「核なき平和」なお遠けれど人間のついの信頼は生くる日の上　『磔刑』

英知というついに人間にのみのもの地に平和あれ朝かげのごと

人の知のその始源よりなおも知らむ安らぎは歴史の信頼のゆえ

くれないは遠く荒野の町のねむりいのりに神を救いとはせず　『営為』

核戦力削減の今日のわずか合意その小さき灯をも歴史に信ず
長きときの上なる理性の信頼に人間の歴史ありこの日にもいえ　『風のとよみ』
ついに歴史を人間肯定の上に問うよろこびに残されし時間の思い　『希求』
茫々とかの日のマルキシズム幻想のすべて虚しきか虚しとはせず
いつさえに崩さざりし人間肯定をこの日にもいえ未来は知らず

『祈念に』以後の歌集から、特徴的な歌を幾首かあげてみた。これらの歌では、人間の理性や英知、それらの積み重ねとして存在する歴史への信頼が繰り返しうたわれている。

「ついに」という言葉が幾度か出てくるが、そうした思いと共に、核戦力削減のわずかな合意にも敏感に反応し、「小さき灯をも歴史に信ず」とうたう。ためらいながらも、積極的に前向きに平和を願う気持ちをうたい、人間を肯定していこうとする姿勢がここには顕著である。終わりから二首目の歌ではソ連の解体をうたっているが、「社会主義幻想」「社会主義崩壊」という言葉で近藤は繰り返しうたっており、近藤のようにこの問題にこだわりつづけた歌人は他にはいないのではないかと思う。最終歌集の『岐路』では、

社会主義幻想崩壊の後に来る世界を知らず思想に問わず

惨々と理念がついに政治たりしひとつのときを後をいうなし

ともうたい、「思想に問わず」とまで言っているが、先の歌の「虚しとはせず」と反する思いではないのだろう。ここでは、「思想」と呼ばれる言葉自体に疑問を投げかけているようにも取れる。二首目の歌などから、私はそれを感ずる。この歌は難解だが、私の解釈では、人間としてかく生きるべきだという理念がそのまま政治の理念へと直結していた痛ましい一つの時代、そして、その時代が崩壊して以後、それらのことを今は誰も言わない。それはどうしてなのか。あの社会主義幻想の時代は間違っていたのか、どうか。もし間違っていたのならそれはどういう点にあるのか。それを考えるためには、従来と同じような思想と呼ばれる次元のものでは駄目である。そういった従来の思想には問わない。こんなふうに私は並んで出てくるこの二首を解釈し、現実のありようを懐疑してやまない近藤の意志を強く感じる。

3

近藤の歌を、戦争詠・思想詠を基盤として、その流れの上での科学技術との関係、或いは神との関係などを少し見てきた。同じような問題を、今度は視点を変えてもう一度考えてみたい。

政治など専攻せざりしを幸《さち》と思ふと言ひ合ひし後に共に寝つかれず　『早春歌』

今すでに遠き記憶の如きかなあくがれ学びし建築学も　同

つづまりは科学の教養に立つ自己を恃みとなして対はむとする　『埃吹く街』

牛の骨陶土に交へ焼くことも沁みて吾が聞く技術の事は　同

技術への愛情が最後に残ること信じて生きぬ希望なき日も　『静かなる意志』

数式を解き行くあひだ吾を目守る一日働きて来し受講者ら　『冬の銀河』

近藤の初期の歌から仕事、或いは建築学に関わりがあると思われる歌をあげてみた。歌集を通して読めばわかることだが、近藤にはこうした類の歌が非常に少ないのである。一首目では政治を専攻しなかったことの幸いをうたっているが、近藤の歌に登場してくるのは、政治や社会・思想、そして戦争・平和といったおのれの生き方に関わる生活詠・社会詠がとても多い。これは従来から言われてきていることでもあり、近藤の歌が高く評価されている点でもある。そうした歌の中からようやく拾い出したのが、ここにあげたような科学や技術に対する信頼の歌であった。最後の歌は、清水建設での仕事のあとにどこかの夜間講座で教えている折の歌だろう。

『近藤芳美集』（岩波書店）の第五巻には、近藤の歌集のうち『希求』（一九九四年刊）『甲斐路・百首』『メタセコイアの庭』『未明』『命運』（二〇〇〇年刊）の五冊が収録されていて、巻末の解説を佐伯裕子が書いている。佐伯は「世界の動きに敏感に反応して詠まれてきた近藤芳美の短歌を語るとき、どの事件に烈しく反応し、どれに触れずに作ったかを知ることは重要である」

として、次のように言う。

「さまざまな大状況の事件があるなかで、実際に短歌にしているものは限られる。湾岸戦争、ソビエト連邦解体、ルワンダ内戦、阪神淡路大震災、沖縄基地問題、コソボ紛争、などである。なかでも力を入れているのが、湾岸戦争とコミュニズムの崩壊であろうか。オウム真理教に関するもの、少年Aの事件やクローン羊、臓器移植などの問題にはまったく立ち入っていない。人間の心理に深く立ち入っていくこと、また科学が生態の枠組みを変えていく先端技術、そういう傾向のものには触れないでいる。不分明なものとして、それらには立ち入らない」

佐伯裕子が言っていることのなかで興味深く思ったのは科学技術に触れたところだった。近藤は科学の先端技術にも関心を持っていたが、それは、建築学以外では核など兵器につながる物理学の領域であって、心理学や医学、生物学、化学といった分野ではなかったという点である。近藤にはベトナム戦争をうたった歌がたくさん見られるが、それらは自己の戦争体験を通した視点からのものが多く、たぶん、枯れ葉剤のもたらした戦禍などはうたわれていないだろう。核兵器の恐怖はうたうが、化学兵器の残酷さはうたわないのである。

佐伯の指摘にはなるほどと思う。この、「不分明なものとして」立ち入らないという姿勢は、近藤の専攻した建築学という領域にも関係しているのではないかと私は思う。健全な合理主義者である近藤は、人間の異常心理がもたらした社会現象などには興味を持たないのである。

そしてもう一つ、広島の原爆へのこだわりが核兵器へと思いを向かわせていることは確かである。規模としても、核が問題とすべき最も大きな武器であろう。

近藤は、一時、核兵器の究極のありようを人間の力を超えたところにあると見て絶望的な気持ちになり、神の存在を考えることによってその絶望が解決されるのではないかという回路を見出した。しかし、科学者としての近藤はついに神の世界へは行かなかった。まして現実から逃避するようなニヒリズムの思考は近藤とは無縁である。あくまで現実の中にとどまって自己の思いを叫びつづけた。そうした必死の努力の結果が『祈念に』以後の歌集となって結実していると見ることができる。

4

最終歌集『岐路』と、それ以後の近藤の歌を見ることによって、近藤の歌の最後の境地を考えてみたい。

一筋の英知を人間の希望とし二〇〇〇年代への指組まむ祈り　『岐路』
人間が人間である限界に生死の問いのたかぶりならず
人間に許さるる問いの彼方なる拒み立つ世界なお死を遠く

それよりも問いてならねば「神」の域の前なる無力ついに人のゆえ
こころひとりのこととといえ「神」とするものへの思い自らの放擲として
人の思惟を超えて見むものを「神」ともし狂おしき老いの迷妄の後
戦争が業ならばその業の果て返る静けさを生きて誰が見る
人間が人間の生死を思うとし初めより無明の闇のさまよい　「未来」二〇〇五年十月号
死後世界の現世の限りの想念の空想も幻想もすべてに貧し
絶対の「無」を救済に思うとし一切の人間の限界に立つ　「未来」二〇〇六年四月号

近藤は最後まで人間の英知に希望を抱いていたが、ここではもはや社会的・思想的な意味での英知ではなく、人間の存在とはそもそも何なのかということを死を前にして懸命に考えている。二首目の「人間が人間である限界」、三首目の「人間に許さるる問いの彼方」とは、人間を超えた存在があるとしたらそれは何なのか、そして、その在り方とはいかなるものであるのかを、必死で模索している言葉である。ふたたび神を思ったりするが、それが人間の無力を知ることへとつながってゆく考え方に変わりはない。神の教えに帰依するとかいった思考ではないからである。「神」と人間が呼んでいるものの前に自らを放擲したり、また、「人の思惟を超えて見むもの」を「老いの迷妄の後」に「神」と想像したりしているが、そうすることによって自らに悟りを得ようとしているのではないだろう。

「戦争が業ならば」の歌では「生きて誰が見る」と言っている。これは、終末の世界になお生き残っている人間を想像しているのであって、神の目などを思っているのではないだろう。繰り返せば、人間であることの限界を知りながら、それを超えようとも願い、また、「すべてに貧し」とその限界にも改めて納得しようとしている。近藤のあらゆる思考のかたちがここに見られると言っていいだろう。どこまでも近藤は人間としての己れのありようから目をそらそうとはしなかったのである。

そして最後に置いた歌。「一切の人間の限界に立つ」は、近藤がこの世に在って発した究極の叫びであろう。絶対の「無」を救済に思うと言っているが、これは宗教的な境地というよりは、もっと人間くさい断念の言葉、人間の限界を知った人間が発する悔しさの言葉と言ってもいいだろう。

人間の歴史に絶望を見据うる知の冷厳に世紀をはるかに隔つ　『希求』
人間存在についにそのゆえの「知」の限り吾ら知るべき寂寥として　『営為』
人の「知」の限界に立つ寂寥もようやく見えて呼ぶ救いなく　『命運』

一首目の歌は史記を読んでの思いをうたっているから「世紀をはるかに隔つ」と言っている。

こうして見てくると、人間の「知」の限界を繰り返しうたいつづけてきた近藤であった。その寂寥のうえに、人間社会の未来を危惧するさまざまな歌がある。近藤はついに現実の人間とその社会を正視して生きつづけ、その立場から逃げることはなかった。そして、さまざまな苦悩の果てに「一切の人間の限界に立つ」という認識に到達し、この世を去っていったのである。

真にうたうべきもの

近藤芳美が亡くなって半年が過ぎ、多くの雑誌に追悼記事が掲載され続けた。それらを読みながら、今後、近藤はどのようなかたちで人々の心の底に残っていくのか、そんなことを想像したりした。

ようやくに何が始まる二一世紀燃え崩るる資本主義繁栄の象徴として
たわやすき恐怖と愛国のたかぶりと統べられてゆく戦争がある　『岐路』
圧倒的武器が「正義」とあらむ日をかくたわやすく戦争が来る
テロリズムに加担するか文明の側に立つか問う単純のすでに仮借なく

これらは、近藤芳美が二〇〇一年九月十一日に起きたアメリカの同時多発テロを素材としてうたった歌である。具体的な光景や事実は何もうたわれておらず、ただ、この事件に対する近藤の怖れと感慨（批評）が繰り返し綴られているだけである。そして、近藤の思いは常に一つの方向に向かってゆく。それは、この事件を契機として勃発するかもしれない戦争への怖れである。歌の上から見るかぎり、日本の立場の如何を考えているわけではなく、その視点は、世界が戦争に突き進んでゆくのではないかという危惧だけにあるように思える。

近藤の歌にはこのような戦争への怖れの歌が多いから、この一連が特に突出しているというわけではない。そういう面から見れば、これらの歌に見られる近藤の恐怖がいつの時代のものなのか、特定しなくてもかまわないと言えるのかもしれない。しかし、抄出した歌の前後にはハイジャックとかテロルとかいった言葉が出てくるし製作年も明確だから、これらの歌が何をうたったものなのか、わからなくなることはたぶんないだろう。

いま考えてみたいのはそういうことではなく、別の問題である。同じ素材をうたった歌をいくつかあげて考えてみる。

ビルの瓦礫を前にしおこるUSA、USAの連呼、なんぞ羨《とも》しき
岡井　隆『〈テロリズム〉以後の感想／草の雨』

靴下をはきたる救助犬あまた火災の熱のこもる地を嗅ぐ
栗木京子『夏のうしろ』

立ち直るために瓦礫を人は掘る　広島でもニューヨークでも
三枝昂之『農鳥』

地下鉄に電車ごとまだ埋まりいん九月の死者の上に来て立つ
谷岡亜紀『闇市』

まだまだたくさんあることと思うが、記憶しているこれらの歌を鑑賞しながら私の考えをまとめてみたいと思う。

岡井、栗木、三枝の歌はテレビの映像を見ながら或る場面を切り取っている。岡井の歌は、このあとに続いて日本とアメリカの関係がさまざまにうたわれている。三枝の歌も日本とアメリカ

を視野に入れている。次の谷岡の歌は現地に立っての歌である。

これらの歌における個々の内容の違いは別として全体的に言えることは、或る対象を視覚によってとらえ、その光景を自分なりに切り取ってうたうことによって、作者の思いを込めるという姿勢である。これは、私が取り立てて言うまでもなく、作歌の基本的な手法の一つである。

しかしこれらの歌を前にして、先にあげた近藤の歌を思うとき、この両者では、何かが根本的に違っていると思わざるを得ない。それは何であるか。

近藤の歌は、外界を描写しようとしているわけではないのである。自分の思い、怖れだけを言おうとしている。近藤のこうした姿勢の歌は、その初期から晩年まで一貫して見られると言っていいだろう。

世をあげし思想の中にまもり来て今こそ戦争を憎む心よ　『埃吹く街』

身をかはし身をかはしつつ生き行くに言葉は痣の如く残らむ　『静かなる意志』

君の如く徒労と言ひてすむならば其の安けきに吾も逃れむ　『歴史』

人間が人間であることの絶望を昨日に見たり過ぎしというな　『礫刑』

愚かさを繰り返す人間の歴史としその愚かさに立つ他はなく　『岐路』

近藤には、こういう歌がじつにたくさん見られる。そして、敗戦後の或る時期までは近藤のこうした歌は共感をもって読まれ、理解されたのであった。読者の多くが戦争とその後の時代を共有していたからである。しかし今は、近藤の言う「戦争」を体温として実感できる人は少ない。「思想」「人間」「歴史」といった言葉でも同じかもしれない。

近藤はこうした歌ばかりを作り続けたわけではないが、自分の思いを直接的にうたいたいという姿勢は常にあった。その思いが呪文のような奇妙な歌をも作らせていった。

ここまで書いてきて自分はどうか、と思う。戦争もテロも、果ては自分のことさえも、本当のところはどうでもいいと思っているのではないか。別に虚無というわけではない。考えても仕方がないという気がすぐにしてしまうのである。そういう人間に大状況が真正面からうたえるわけがない。

近藤の歌が、詩歌という大前提からはずれてしまっていると思う場合もないではないが、あのようなひたむきな姿勢はいったいどこから出てくるのか。日常の瑣末をいろいろとごまかしながらうたっている自分の姿勢を思うとき、何か大事な根本的なものを失っているような気がしてならない。それがなさけないのである。

近藤芳美の修辞

「てにをは」に深く自分の思いを込めてうたった歌人として、近藤芳美の存在を考えてみる。こんな歌はどうだろうか。

不意に来て声となる欷泣を覚めておりひとりを早く寝ねしめし後　『岐路』

必ずをその最終武器より始まるを核全面戦争である他はなく　『岐路以後』

しとどなる寝汗を何と問わざるを下着を替うる長きときかけて　同右

前の歌二首には「を」が、それぞれ二回ずつ使われている。最後の一首には「を」が三度使われている。それぞれについて見てみよう。一首目の「欷泣」は、すすり泣き。「欷《き》泣《きゅう》を」の「を」は対象を示していて、これはわかりやすい。ただ、上句全体をどう解するかは「覚めており」の取り方によって、二通りの解がありそうである。

一つは作者が目覚めてすすり泣きをじっと聞いているとする解釈。もう一つは、寝ていると思っていた妻が不意にすすり泣きの声をあげはじめて、目覚めているのだと知ったという解釈である。

私は前者の解のほうを取るが、その場合、この「を」は「に」のほうがわかりやすいのではないかという気がする。近藤芳美の「てにをは」の使い方にはちょっと特殊なところがあるので、それを指摘しつつ考えてみたいわけである。「ひとりを」の「を」は虚辞に近く、無くても意味的には同じである。作者の妻への思い入れが込められているのだろう。

この虚辞というか、強調の「を」の使い方は二首目の歌の「を」によく出ている。「必ずを」「始まるを」この「を」には作者の熱い思いが込められており、そこを一首の眼目として鑑賞するのであるが、意味的には、これも無くてもかまわない部分である。解釈としては、必ずその最終武器として始まる核の全面戦争、それ以外に道はないだろう。こんな感じになり、二つの「を」を取り去れば意味的にはすっきりと下へ繋がってゆく。そしてもうひとつ、「最終武器より」の「より」は、これも近藤流の使い方である。ふつうは「として」くらいだろうと私は思う。

三首目の三つの「を」はどうだろうか。最初の「寝汗を」の「を」はわかりやすい。次の「問わざるを」の「を」は上句と下句をつなげる働きだろう。ちょっと逆接的なニュアンスが加わることが多いのかもしれない。解釈としては、［A］びっしょりとかいた寝汗をなんのせいですかと妻は私に問わないままに下着を出してくれたので、私は長い時間をかけて下着を取り替えたことだ。［B］びっしょりとかいた寝汗をなんのせいだろうと自分に問うこともないまま、冷えた心で長い時間をかけて下着を取り替えている。こんなＡＢ案を考えてみたが、この「問わざるを」には、近藤芳美独特の言語感覚が裏打ちされていると私には思われる。

一首目の「覚めており」と同じく、この「問わざるを」も主語が誰なのか揺れるところがある。どちらも作者のことだと取れば、B案が作者の意図した意味に近いということになる。しかし「問わざるを」の解釈として、みずからに問うということもしないで、を持ってくるのはやはり無理な気がする。もっとほかの表現があるようにも思うのだが、ここが実に不思議なところである。

もう二首をあげて考えてみたい。

生くる日についに信頼としたりしを吉田漱なく老いの茫々　『岐路』

女医ひとり信頼として行くに添う今年まぎれなき老いと衰え　『岐路以後』

前の歌の「を」、これは逆接の「を」として比較的わかりやすい例だろう。問題は「信頼としたりしを」の「信頼とした」という言い方である。「信頼とする」とは、どのような意味であろうか。あとの歌には「信頼として」とある。

「人間として許せない」「人の親として考えてみる」という言い方はふつうに見られる。それから類推すれば、「信頼として」は「信頼する相手として」ということだろう。そのように補えば二首とも解決がつく。

しかし、それでもなお疑問が残る。なぜ、「生くる日についに信頼したりしを」「女医ひとり信頼して行くに」では駄目なのだろうか。どうしても「と」を入れたいのである。ここに、近藤芳美の言語感覚がある。
近藤の晩年の歌は難解であり、意味のとりにくい歌が多いのは確かであるが、そうした点も、以上のような単語一つずつについての検討を加えることによって、少しは見えてくるものがあるのではないだろうか。

絶対の「無」を救済に思うとし一切の人間の限界に立つ
人ひとりうちに問うとし返り来る答などなき生と死が待つ
君にしばし留まる心を無心とし空にかすみて残る夕映
『岐路以後』

近藤の最晩年の歌、死の数ヶ月前の歌から引いた。最初の歌は近藤の絶唱として私は感動する。三首目の歌は妻をうたって美しい。
ここには三首しかあげなかったが、晩年には「とし」「として」「とする」といった言い方が頻出する。マンネリだと言ってしまえば簡単だが、私は近藤が執拗に追い求めた表現の意味をそこに思うのである。近藤芳美の表現方法を、近藤ひとりの癖として否定してしまうのではなく、前向きに考えていきたいと私は思っているのである。

近藤芳美の愛の歌

近藤芳美を陰で支え続けてきた夫人のとし子さんが、二〇一〇年十一月二日に亡くなられた。九十二歳だった。芳美亡きのち、四年の歳月だった。とし子夫人は表立った振る舞いを好まれない控えめな方だったが、しっかりした力強い人だった。

「コノジダイニ　ワカクイキレバ　オソヒカカル　イカナルコトモ　ワラヒテウケム　イノリツツ　トシコ」

これは昭和十五年に、戦地にあった芳美に宛《あ》ててとし子夫人が打った電報の歌である。よくもこんなに率直な姿勢で表現できたものだとびっくりしてしまう。四年前、芳美の死の少し前に開かれた「近藤芳美展」（日本現代詩歌文学館）において、ぼろぼろになっているその実物が展示され、多くの人の感動を呼んだのだった。このとし子夫人をうたった芳美の歌を紹介しよう。

　　『早春歌』

壊れたる柵を入り来て清き雪靴下ぬれて汝は従ふ
近々とまなこ閉ぢ居し汝の顔何の光に明るかりしか
手を垂れてキスを待ち居し表情の幼きを恋ひ別れ来りぬ
美しく癒えたる汝とともなひて花残し居る菫に屈む

ここには、若くて美しいとし子夫人との逢瀬《おうせ》が甘美なかたちでうたわれている。同じ時の歌に、

在《あり》ありて遂げしささやかなる恋愛よ罪悪視さるる中に吾等育ちて

といった一首も見られる。こうした時代にありながら、芳美の歌にはどこか西洋の絵画を見るようなしゃれた雰囲気が感じられる。そこがとても新しかったのである。

よろこびの笑みはあるまま童女のもの共に過ぐる日ことば少なく　『岐路』

これは二〇〇三年、芳美九十歳の作。病床にあった夫人の笑顔に、遠き日の出会いを思い出している。

近藤芳美は難解な思想詠の歌人として話題となることが多いが、別の一面では、とし子夫人をうたい続けた愛の歌人でもあったのである。

近藤芳美の思い出

近藤さんとのお付き合いは四十年以上にもなるが、一緒に旅行をしたことはほとんどない。近藤さんが亡くなられて五年、そのことを思い出すたびに残念でならない。

近藤さんからは、海外旅行の誘いなど何度も声をかけていただいたが、そのつど、会社の仕事を理由にご一緒することはなかった。いま思うに会社の仕事などいくらでも休めたのである。もっと旅行を楽しめばよかった。後悔先に立たず、まことに残念である。

近藤さんとは、毎年の「未来」全国大会後の遊びで各地を訪れたり、吉野地方を歩く会など、それなりにご一緒したことはあるのだが、二人で写真をとっていただいたことは残念ながら無く、私の手許には一枚も残っていない。

私の持っている写真は、数少ない旅行の一つとして一緒に沖縄へ行った折のもので、どなたかがバスの車中での近藤ご夫妻を写真に撮って、私にくださったものである。「未来」の仲間十数人と一緒の四泊五日の旅であった。昭和六十三年（一九八八年）九月のことである。

このときは私の妻も一緒に行ったので、近藤さんが、歌を作らない私の妻に対して歌人仲間の妙に濃い感じのする交流についておもしろそうに説明されていたことが印象に残っている。細川謙三ご夫妻や今西久穂さんとも一緒だった。細川さんや今西さんもすでに亡き人である。

この旅では、沖縄県歌話会の平山良明さんに南部戦跡や地下壕など、戦争のいろいろの跡を案内していただき、読谷村の山内村長にもお会いしたのだった。「未来」会員の比嘉美智子さんにもいろいろとお世話になった。その折の写真は『「未来」と現代短歌―アルバムと年表による40年史』（六法出版社刊）に数枚入っており、貴重な懐かしい記念となっている。

いま近藤さんの年譜を見てみると昭和六十三年は七十五歳のときであり、この旅行の一週間ほど前には、岐阜県恵那市で行なわれた西行記念短歌大会にも出席されている。この短歌大会へは、隣の中津川市に住む私の父も出席して、近藤さんにご挨拶を申し上げたはずである。

近藤さんご夫妻と私の両親とは生年がそれぞれ同じであり、父は、アララギを通じて幾らかは近藤さんとも交流があった。そんな関係から折に触れて近藤さんは父のことを話題にされた。あるとき、私が電車の中での立ち話で歌仲間に父の悪口などをおもしろおかしく話していると、背後へ寄ってこられて「お父さんの悪口を言ってはいけないよ」などと言われたこともあった。

私の母は平成二十年（二〇〇八年）に九十歳で亡くなったが、その二年ほど前のことだったか、まだ認知症がひどくなる前の母について、人との付き合いはおかしくなってきたけれど、部屋の掃除とか食事の支度とか身体で覚えていることはまだちゃんとできるといったことを近藤さんに報告したところ、近藤さんは深いため息をつかれて「うちの奥さんはそれがだめになってしまった」と言われた。

近藤さんが亡くなられたのは、そういうことを言われた少し後の平成十八年、九十三歳のときだから、私の母はその二年後に死んだわけである。

そして、とし子夫人が亡くなられたのは平成二十二年で九十二歳だった。私の母より二年長生きをされ、近藤さんよりは一歳若くして亡くなられた。ついでに書けば、私の父はまだ生きていて平成二十三年九十八歳を迎えた。父のことを思うたびに、近藤さんも生きておられれば九十八歳か、と思う。つねづね、俺は百歳まで生きると近藤さんは言われていたから、最後の病院生活の繰り返しは本当に残念でならない。私の父のように、病院とはできる限り縁少なく自由に生きておられたら、病もそれほどには進むことなく、近藤さんももっと長生きをされたことだろう。

近藤ご夫妻の写真を眺めながら、淡い交わりではあったけれど、その折々の交流について、さまざまに思い出している。

Ⅱ

『短歌入門』『短歌思考』解説

1

私が上京したばかりの学生のころ、いつも鞄に入れて持ち歩いていた本の一つに角川文庫の『近藤芳美歌集』があった。あるとき、そのことに気づいた友人が「それは君のバイブルか」と、ちゃかすように言ったことを覚えている。私が十八歳のころだから、もう四十年近くも前の話である。思えば、そのころからずいぶんと長く近藤芳美の歌や文章を読み続けて来たものである。

この『近藤芳美集』（岩波書店）の第十巻に収録されている近藤の文章は『短歌入門』『短歌思考』という既刊の二冊全部と、比較的近年に書かれた未刊の文章「短歌有用論再説」である。『短歌入門』は、一九七七年から七九年にかけて雑誌「短歌研究」に連載されたものをもとにして、加筆・再整理したもの。『短歌思考』は一九七四年から七八年にかけて「未来」に連載した「作歌論備忘」に加筆・再整理を加えたものである。「短歌有用論再説」は、雑誌「短歌現代」に一九九二年から九三年にかけて連載されたものがもとになっている。今回、はじめてこの著作集に収録された。

十巻の構成上、この巻には近藤が比較的啓蒙の気持ちから書いたと思われる文章が集められているが、近藤の文章は、たとえそれが啓蒙のためであっても言わんとするところは常に一貫しており、その点では他の歌論集などとも内容的に共通する点が多い。『短歌入門』『短歌思考』は共に一九七九年に刊行されているが、この時期より少し前に刊行された近藤の著作としては『茂吉死後』（一九六九年刊）、『無名者の歌』（一九七四年刊）などがあり、またこの時期以後の、「短歌有用論再説」に至るまでの期間には『現代短歌指針』（一九八七年刊）、『短歌と思想』（一九九二年刊）、『人間の歴史と歌』（一九九三年刊）といった著作がある。これらは残念ながら今回の『近藤芳美集』には収録されていないので手にすることはむつかしいのかもしれないが、機会があったら是非読んでみてほしい本である。

2

それではまず『短歌入門』から紹介していこう。この本は二十二の章からなっており、出だしは「一　短歌とは何か」「二　短歌の発生」「三　短歌と定型」と続き、最後は「二二　なぜにうたうか」で終わっている。この「なぜにうたうか」といった提題で終わるところなど、いかにも近藤らしい書き方である。

一冊の構成としては前半で短歌の定型や韻律、言葉（文語と口語）などといった問題に触れ、中ごろでは短歌の歴史を時代を追って述べ、古代の万葉集から明治の和歌革新、そして現代の土屋文明の歌にまで及んでいる。つまり短歌の定型論と伝統を踏まえた上で、後半に至って登場するのが「何をうたうか」「いかにうたうか」であり、「なぜにうたうか」といった問題提起となるわけである。この提題に応えてすぐれた歌を作るためには一首の表現における「把握」と「象徴」の問題を考えねばならず、さらには「韻律」や「声調」の大切さをもしっかりと自覚する必要がある。こうして近藤の論は、前半で触れている定型の問題へともう一度円環してゆく。そのようにこの一冊は構成されている。

近藤の特徴的な物言いをいくつか紹介しておこう。

〈短歌は「定型詩」であり、「小詩型」であります。その限られた制約の中でわたしたちは「表現」ということを求めます。「言語」の、「意味」と「韻律」との、「伝達」の機能の上にと言えます。そのために、わたしたちはしばしば「言語」をその機能の極限にまで追い詰めて用いなければならないことがあります。それは「ことば」が伝わるか伝わらないかのぎりぎりの地点なのかもしれません。短歌はその地点で作られ、そのために「言語」の抜き差しならない「表現」の上の厳しさをともなっていく詩型なのかもしれません〉（七　短歌と伝達）

〈何をうたえばよいのかという初心の問いに、まず、最も大事と思う世界からと答えることにしているとわたしは記しました。同じ意味で、「生活」をうたうことから始めるのをもおすすめしています。すなわち、わたしたちの「生活」の中に、何よりも先にうたう世界を求めていく作歌の基本の姿勢のことです〉(一五　何をうたうか)

〈短歌が「生」と呼ぶものの「表現」であるならば、それは、「生き方」を一首制作にうたい込めていくことでもあります。(略)わたしたちのうたうのが「生」であり「生き方」であるなら、それはいまや「現代」という危機の意味を避けて通ることは出来ず、その思いを直接とするなら、それをも「表現」とする他はないものとして短歌に関わっていると必ずしなければなりません〉(二二　なぜにうたうか)

これらが入門書の中の一節だということに驚かれる人もいるに違いない。そういった点では、この本はいかにも近藤らしい破格の入門書とも言えるわけである。つまり、一般の入門書のような「秀歌の鑑賞」とか「添削と批評」とかいった章もなく、例歌も極端に少なくて、ひたすら理論的に押し通していこうとしている。近藤自身としては精一杯の親切心と丁寧さで書いているのだろうけれど、この一冊を正しく理解するためには、読者の側にもそれ相応の覚悟が要求される、いわば真剣の入門書と言ってもいいだろう。

3

次の『短歌思考』は全部で四十の章からなっている。最初のほうの章題は「一　生・生き方」「二　生活・人生」「三　思い・現実」と続く。その他、特徴的な章題名をあげれば「凝視・把握」「暗示・象徴」「伝統・継承」「意味・韻律」「単純化・彫り」「問い・思想」など、これを見ただけでもその内容のいくらかは想像がつくような題となっている。こちらの本には『短歌入門』のような構成の配慮はなく、近藤の短歌観が思いつくままに書かれている。

近藤の言うところを私なりに三点に絞って紹介してみよう。まず最初は、次のような部分である。

〈自分はこう思う、自分はこう考える、ということだけをはてなく繰り返す愚かさをわたしたちは知らなければならぬ。思うこと、考えることのためには背後に冷厳な論理的思考がなければならず、そのことから逃れることが出来ない地点で、わたしたちが文学――詩歌と関わっていることはすでに記した〉（一　生・生き方）

〈わたしたちひとりの生活の「思い」――「生き方」をうたい重ねる作品の軌跡の上に、おのずからたどられていくものが「思想」であろうか。詩歌制作者としての「思想」である。

わたしたちは最後にその「思想」ともいうべきものをひとりの歌人の作歌生涯のはてに築くことのために、短歌を作って生きていると言えよう〉（三　思い・現実）

これらに代表される近藤の考えは、詩歌とは人間の生き方の表現であり、そこには結果的にその人の思想と呼ぶべきものが出ていなければならない、とする。

また、別のところでは次のようにも言う。

〈「詩」の伝達は意味の伝達ではない。少なくとも、意味の伝達だけではない〉（八　要約・提示）

〈わたしたちが作品に対していだく感動（略）それは事柄でありことばであり韻律である作品の背後に、つねに、あらわされないものとして包まれている部分である〉（九　暗示・象徴）

この二つの言い方は、どのようなかたちで一つに収束されるのであろうか。それを「一二　意味・韻律」という章の記述から見てみよう。近藤は、詩歌の伝達を「意味」の面と「韻律」の面との二つから考察する。詩歌とは、この二つのからみあいによって読む者の心に意味と同時に内的な感動をも与えるものだからである。そして、次のように言う。

〈今、わたしたちの短歌はほとんど意味だけによって綴られ、意味だけによって満たされている、と言える。その、意味ではない部分を排除し、短歌は近代ないし現代への歩みをつづけた〉

この文章は、先にも記したように一九七〇年代の後半に書かれたものなので、その当時の状況をある面では反映しているとも言える。近藤の言い方はやや極端なような気もするが、確かに短歌において意味を重視する時代というのは戦後の一時期あったように思う。これは結果としてそう言えるということでもあって、作歌当時の各自の意識においては、意味と同時に韻律にも重きを置いていたと主張する人はたくさんいるだろう。近藤自身にとっても、それは同じことである。

近藤の発言の続きを見てみよう。

〈意味のない部分——たとえばわたしたちはいつのころからか「枕詞」というものの使用をも失った。無意味なことばの一首の中における意味、ともいうべきものを見失いつつ短歌は今日に生きつづけた。結論から言えば、それは必然であった。わたしたちの「今日」の「思い」を伝えるために、わたしたちは否応なく短歌にありあまる意味をうたい込め、その短小の詩型に意味を満ちあふれさせなければならなかった。幾重にも幾重にも意味をたたみ込む、という技法をひらいていかなければならなかった。それが近代短歌、現代短歌の一つの性格である〉

このように言うとき、具体的にはどのような作者が近藤の脳裏に浮かんでいたのであろうか。自分をも含む土屋文明とその弟子たちの姿であろうか。そのような他者の存在ももちろんあったであろうが、ここには明らかに近藤自身の作歌姿勢の表明ととれるようなところがある。だから、次のようなくだりは、近藤の必死の叫びのように読む者にはひびいてくる。

〈だが、そのことにより詩歌——短歌が韻律を失い、韻律による伝達の部分を失ったと考えてはならぬ。近代短歌、現代短歌は韻律の大事さを失ったのではない。むしろ、うたうべきことの複雑さゆえに、わたしたちは意味の伝達するものの限界を超えて韻律の伝えるものを知っていなければならず、またそうでなくて、このような日、何で短歌のような小詩型をわたしたちの自己表現の場と考えることが出来よう〉

これは、近藤が自分の作歌上の信念を述べると同時に、自分の歌をそのような深みにおいて理解してほしい、なにゆえに君らはそれが理解できないのかと必死で訴えている文章である。近藤は、詩歌における「韻律」の意味も次第に変化してきているのだと考える。そして結論として次のように言う。

〈今日、短歌の韻律ということの中には、その音楽性——旋律と律動ということの上にさらに異質な、さまざまなものが加わって来た、と考えなければならぬ。たとえば作品一首をつらぬく緊張、緊迫の調べともいうべきものがある。わたしたちにとってそううたわなければならない場合がある。金属面のような、冷たい、鋭い調べである。あるいはまた、わたしたちはうたい出す一首に重い澱み、重い渋滞感を求めることがある。ときとしてわたしたちは無表情なコンクリート塊のような歌を作らなければならない場合もある〉

この結論を読むとき、近藤の文章に或る程度親しんできた読者ならば、すぐに第一評論集『新しき短歌の規定』の中のいくつかの文章を思い出すことと思う。近藤の作歌姿勢は「意味」における面だけでなく、「韻律」に関してもその初期から一貫していると言える。そして、かつての論の上に何が加わっているのかといえば、それは、鋭さだけではない重い渋滞感であり、近藤が

「気息」と呼ぶ詩としての内的衝迫であり、さらには、コンクリートの塊のような造型性をもった韻律ということであろうか。このような主張は、近藤自身の歌の推移を見るときいっそう明確に納得される。まさしく近藤は論作ともに自分の思いのとおりに実行してきたわけである。

4

「短歌有用論再説」には、いま見てきたような近藤の作歌姿勢が、おのずからなる自注として出ている面がある。この論考の題名は、先にもあげた評論集『新しき短歌の規定』中のよく知られた一節「新しい歌とは何であらうか。それは今日有用の歌の事である。今日有用の歌とは何か。それは今日この現実に生きて居る人間自体を、そのままに打出し得る歌の事である」を踏まえて命名されている。命名の主旨から言えば、現在の視点から再び「今日有用の歌」について述べるというのが本筋なのだが、残念ながらそのような展開にはなっていない。

本編のおもな内容は、社会主義体制崩壊後の東欧諸国への旅の記録と、『歌い来しかた』(岩波新書)の続編ともいうべき『喚声』以後の作品についての随想、そして「『コミュニズム』それは何か(1)~(4)」「歴史の終焉」といったソ連の社会主義体制が崩壊するまでの歴史の流れを、近藤自身の人生を追いながら跡付けたものである。

私自身としては「『コミュニズム』それは何か」「歴史の終焉」といった章を期待して読むわけ

だが、近藤の物言いは概してよどみがちであり、初期の評論のような明確さは見られない。近藤独特の断定をさけた言い回しが目につく。かつて近藤は、作歌の根底に見据えなければならない視点として、土屋文明の言う「生活」を踏まえた上で、それを乗り越える視点として「政治」ということを言い、さらには「思想」、「歴史」へと展開させて繰り返し述べて来た。そうしたことを考えると、私は近藤のコミュニズムへの共感と畏怖についてもう少し具体的に知りたい気がするのだが、これは求めるほうが酷ということなのかもしれない。「歴史の終焉」については、状況論だけではなく史的理論として成り立つのかどうか、私にはとても興味のあるところなのだが、ここから先は近藤に聞くべきことではなく、自分自身の問題なのだろう。

最後に、「短歌有用論再説」の中で近藤が自作をあげて述べている部分を紹介して、それがこれまで引用してきた近藤の歌論とどのような関係にあるのかを見てみよう。

たとえば、こんな一節。

へ　弾のあとはなべて雀の巣となりて疑はざらむ吾ら行くとも

という『早春歌』中の一首がある。難民街は煉瓦造であるため無数の弾痕がそのままに残り、それは雀の巣となっていた。「疑はざらむ吾ら行くとも」とうたう。難民である中国民衆にとり、わたしたち——わたしがたとえ国家の名のもとに赤紙一枚で連れ出された最下層の兵であろうと日本兵である他はなく、彼らのための侵略者の鬼子である事実は免れようもなかった〉（歌い来しかた(5)）

「雀の巣」というところには、近藤のいう「把握」の確かさがあると言える。そしてこの下句、中国の民衆は（近藤自身の思いに関係なく）侵略者であることを疑わないだろうという意味を伝えようとしている。結句の「吾ら行くとも」という表現には、近藤の幾重にも屈折させられた思いが込められている。

近作の例から、もう一つあげてみる。これは、かつて中国で語り合ったことのある作家白樺と日本で再会し、彼の講演を聞いたりした折の歌である。

〈パーティーの後、小講演があった。その中で自らの文学を語ろうとして生い立ちに触れた。

日本兵に父を殺されし八歳と告げて残せば新しき痛み

知らないことでもあった。最新歌集『希求』の中にある。

「棘」という言葉で思おうとするなら、中国もまた心に突き刺さる最も大きく鋭い棘の一つであるはずである。その上に短歌があったこともすでに記した〉（歌い来しかた(5)）

私はこの解説の最初のほうで、「『ことば』が伝わるか伝わらないかのぎりぎりの地点」という近藤の作歌上の信念を紹介した。

そのようなぎりぎりの地点での表現が、近藤にこのような歌を作らせている。「八歳と告げて残せば」という表現は、近藤なりの重層した思いの表明なのである。近藤の歌に対する毀誉褒貶は現在でも激しいが、彼らの指摘する欠点などは承知の上で、近藤は自分の歌を表現のぎりぎりのところで作り続けているのだろう。

近藤はながく新聞歌壇（朝日歌壇など）の選者をつとめており、また、総合誌などの新人賞の選考委員もいくつかつとめてきている。そうした他者の歌を見る近藤の視線は実に柔軟であり、そこに良いものが感じられればかなりの実験作でも受け入れるという度量を持っている。歌会などでの指導者、教師としての力量にも幅があり、各自の作歌姿勢を柔軟に認める態度と言えるだろう。

しかし、これが自分自身の作歌の問題となると、意外なほどに頑固かつ偏狭となってしまう面がある。それは歌にも、また文章の幅にも言えるように思う。詩人とはそういうものだと言ってしまえばそれまでだけれど、私にはいくらか残念な気持ちもある。

近藤は、若いときから現代短歌の第一線を行く作家として常に注目を浴び続けて来た。そのような立場に置かれた責任感が、近藤の書くものの上に重くのしかかっているのかもしれない。

私は近藤芳美の子供にあたる世代で、私の両親の年齢は近藤夫妻とまったく同じである。そうした年齢の差から親に向かって言うようにざっくばらんに言ってしまえば、もう少しのびのびと自由にしてもいいんじゃないですか、ということなのだが、どうだろうか。

講演・近藤芳美の晩年の歌

「近藤芳美をしのぶ会」が（二〇〇六年）九月一日に、学士会館で行われました。うすい冊子をつくりまして、近藤芳美の若いころの「たちまちに君の姿を霧とざし或る楽章をわれは思ひき」という歌の自筆の写真版と、近作五十首、最後の晩年の歌ですね。それから、各新聞に載った近藤芳美に関する追悼文、それらを全部集めて記念の冊子としました。

六月の二十一日に亡くなりましたけれどもこの年の三〜六月にかけて北上市の日本現代詩歌文学館で近藤芳美展というのが開かれまして、そこでは『近藤芳美展——戦後短歌の牽引者』という立派な冊子をつくりまして、多分これが近藤芳美を今後研究し、調べていく際には、一番の資料になるのではないかと思っています。

どういう点が資料になるかと申し上げますと、まず、ここに書かれている年譜、これほど詳しい年譜は今までにありません。近藤芳美がどこでどういう話をし、また、どこの雑誌に、どういうことを書いたかということなどが、載っております。個人的な行動範囲もかなり書いてあります。

それからもう一つ、初めての試みとして近藤芳美が、子供のころどこで育ったかということが全部地図になって入っています。近藤芳美は朝鮮半島に生まれて、高校、大学のときも夏休みにはずっと帰省したりしております。それがどういうふうにどこに帰ったかということが、朝鮮半島の地図で、わかるようになっています。近藤芳美が育ったところ、夏に帰省したところ、すべてがここに書かれております。これを見ますと、近藤芳美がいかに朝鮮半島とかかわりが深いかということがよくわかります。

南は馬山、光州といったところから、北は竜岩浦という北朝鮮の中国との境、羅南というこちらの端は、昔のソ連邦との境に近い街まで、つまりほとんど朝鮮半島全土にわたって彼は過ごしているわけです。日本ではせいぜい広島と東京、あと埼玉の浦和ぐらいですから、むしろ朝鮮半島の方が、はるかに彼にとっては親しかったわけですね。ですから近藤芳美はちょっと日本人離れしたところがいろいろあります。それは皆さんがご存じのように、取っつきにくい、難しい歌をつくるというのもそうでして、日本人でありながら、普通の日本人とは違う感覚を持った人間であったということなんですね。そういったことも折に触れお話しできたらと思っております。

私が近藤芳美に初めて会ったのは、岐阜県立中津高校を卒業し、上京したときでございまして、四十五年くらいのお付き合いだったわけです。今ご紹介いただきましたように、私の父はアララギの、今は新アララギにいますけれども大島登良夫といいまして、近藤芳美と同年の生まれでありります。当時「童牛」「歩道」など、たくさんアララギ系の雑誌があったんですよね。「未来」もあって、どこに入ろうかと思ったときに、父が言うのには「最近『未来』という雑誌を近藤芳美が創刊した。そこに岡井隆という青年がいる。だからそこに入って一緒に勉強して教えてもらうといいだろう」ということで、私は高校一年のときに「未来」に入りました。そのとき岡井さんが三十二、三歳ぐらいで、近藤さんが四十七、八歳だったかな。それ以来のおつき合いで、近藤芳美さんは、去年九十三歳で亡くなりました。

私が近藤さんにお会いし、いろいろお話をきいているときに、一番思うのは、やはり日本人離れしたということを申し上げましたけれども、どういうことかといいますと、これは『現代短歌の全景』という河出書房新社で出している本ですが、そこで私が近藤芳美にインタビューをした、長い記事が載っております。その中で私がこういうことを質問したんですね。つまり「現場の歌とか会社の歌とか、そういう歌は初期のころにはありますけれども、その後にはなくなりますね。どうしてですか…」と質問したんですね。そうしますと「…僕は自分一人のことを大きな声で歌にしようという気持ちはない。日常のことを歌って、自分のことを歌って、それが歌だとは思わない」と言っているわけです。つまり自分の日常生活、職場、生活、そういったことは余り大きな声で人に言うべきことではない、歌の素材にはしない、したくない、というふうに言っているわけです。もう根本的に考え方が違うわけですね。

それで、これから近藤芳美の思想ということの話をしていきたいと思います。私が「未来」に入りました一九六〇年ごろですが、そのころは、安保闘争など政治の時代でした。要するに、マルキシズムの時代ですよね。それで、近藤芳美もそこに幻想を抱いていた。岡井隆も抱いていた。だから私が「未来」に入ったころはほとんど二人は同じ立場にあったわけですね。ですから、私が「近藤芳美、岡井隆に師事」というふうに書きますと、今見ますと、非常に変な感じがする。「何か、大島、おまえ変じゃないか。分裂しているんじゃないか」というふうに言われますけれども、最初に私が「未来」に入ったころは、二人はほとんど同じ路線だったのです。ところが、近藤芳美という人は、その後ずっとほとんど変わらなかった。同じことを言い続けて死にましたけれども、岡井隆は本当にどんどんどんどん変わっていったわけです。

ですから、今見ますと、近藤芳美と岡井隆は全く別の場所にいる、関係のないように見えるわけなのです。どちらが正しいとか、そういう問題ではなくって、そういう歌人の生き方があるわけです。

近藤芳美という人は、変な話ですが日本文化が嫌いでした。世界の中の日本というところを見るときに、日本のじめじめした文化が嫌いで、西洋文学を崇拝していたんですね。ですから、どうして短歌などを作るのかというぐらい、不思議なぐらいに日本文化が嫌いな人でした。和食も嫌いだし、ギリシャ、西洋建築、それにあこがれて、ほとんど旅行もヨーロッパに行っているわけです。そういう人が、短歌を作り続けるという、非常な矛盾みたいなものを感じながら、私は近藤芳美と付き合ってきたわけです。

先ほどは、日常の細かいことは歌わないということをご紹介しましたけれども、例えば『埃吹く街』の中にこういう歌があります。

ウラニウム出づる地帯を争ひて戦ひありと今日も告げたる

これは近藤さんが昭和二十二年に、作った歌です。「ウラニウム」というのは原子爆弾の原料である。そして、アメリカに続いてソ連が原子爆弾の実験を成功させたのが、近藤芳美が、この歌をつくってから二年後のことです。つまり、アメリカに続いてソ連邦が原子爆弾の核実験を成功させる二年前に、「ウラニウム出づる地帯を争ひて戦ひありと今日も告げたる」と新聞の記事に注目しているわけです。つまり、ウラニウムなどというものがほとんどまだ注目されなかった時代に、そのウラニウムが出るという場所を争って各地で戦争が起こっている。それが新聞の片隅に載っている。それを近藤はもう二年以上前から歌にしている。つまり、そこに近藤芳美の、作家の目というものがあったわけです。『早春歌』『埃吹く街』という、最初の歌集は多くの人が知っていて有名です。そして、真ん中あたりに『黒豹』という歌集があります。ベトナム戦争を歌って、かなり戦争の歌が入っているわけですね。このあたりまでは近藤芳美はいろいろな形で取り上げられ、理解されますけれども、それ以後はほとんど取り上げられません。なぜかというと、歌がどんどん読みにくくなってくるわけです。

ですから、みんな近藤芳美という存在は知っていながらも、作品は読まれることが少なくなってきた。『黒豹』の「森くらくからまる網を逃れのがれひとつまぼろしの吾の黒豹」これは有名な歌ですね。あのころまでで、その後は、どんどん読まれなくなっていく。

＊

これからお話しするのは一九八九年からの歌で、近藤芳美が七十六歳から、亡くなる九十三歳までの十七年間の歌についてです。まず、こういう歌を最初に挙げました。

歓喜して「ベルリンの壁」今か越ゆる市民らの数何が推移す

「ベルリンの壁」としいえり嬉々と攀ずるこの若者ら過去をば負わず

ここにきょう紹介します歌は、近藤芳美の歌でも非常に私がいいと思う、しかもわかりやすい歌であります。この十倍ぐらいわかりにくい不思議な歌がたくさんあります。そういう歌は、読むことを拒否されているような感じがして、読まなくなるわけですね。その中から私がいいと思う歌を挙げたわけです。

これは、一九八九年に東西のベルリンの壁が崩壊したときの歌です。「市民らの数」はテレビで見ているわけです。そして世界の何が推移するのだろうと、こういうふうに言っている。二首目では、うれしそうな若者の群れを見ながら、この若者たちは過去を負わない、と言っている。さみしい気持ちで現実の推移を見ているわけですね。

社会主義幻想をいいいち早き荒怠の世界この日をめぐる

これは翌年の東西ドイツの統一のときの歌ですね。ベルリンの壁が崩壊して統一されるとき、そのときを歌ったものです。

やすやすと社会主義崩壊をいい出ずる吾ら不毛のことばある日を

君らには歴史吾には今の日のおののきとしてなおもいわむこと

常に同じ視点で見ているわけです。つまり社会主義幻想。かつてみんなは社会主義というものが、ある意味ではあこがれだったわけですよね。安保闘争などが起こったのも、大変な数で闘争が盛り上がったのも、皆基盤にはそれがあった。ところが、ある時期からそれがほとんど忘れ去られていってしまう。それが社会としては非常に幸せな状態で、ある面では近藤の歌が無視されていくのが、日本の社会としては幸せなのかもしれない。

日本が非常に不幸な時代になり、また戦争が起こるとかそういう時代になったら、近藤芳美の歌がまた言われるのかもしれません。日本の高度経済成長で、近藤さんがあくまでもこだわって歌っていることが、ほとんど実感を持って読まれなくなってきた。

そんな日本の流れの中で、近藤芳美の歌はあくまでも「変わらないである」ということなのです。そして一九九一年ソ連が解体します。また湾岸戦争なども起こってくる。

感情なき思想なきついに技術というあくなき殺戮の静寂に似む

近藤さんは工学部の建築家出身の技術者でした。ですから、合理的な考えを持っていてあまり文学的な発想をする人ではなかった。湾岸戦争のときに、感情がない、思想がないついに技術という、武器というのは技術の果てですから、その「技術というあくなき殺戮」が、人間の感情とか思想などとは無縁のところで、静かに人を殺し続けるのではないかということを言っているわけなのです。

そして近藤芳美は、その歌のすぐ後に、

茫々とかの日のマルキシズム幻想のすべて虚しきか虚しとはせず

もう一度繰り返しているんですね。つまり皆マルキシズムに一時あこがれて、どこかでソ連ってすばらしい国だ、恐ろしいけどすばらしい国だなどと思っていた時期があった。それをだれも口をつぐんで言わない。でも近藤芳美は死ぬまでそれにこだわったんですね。そして「マルキシズム幻想のすべて虚しきか虚しとはせず」自分は虚しいとは思っていない。そう思っている人は多いと思うんです。でもほとんど口にしなかった。これほどまでにはっきり、そういうことに悩みながら言ってきたのが、近藤芳美だと思うんですね。

後方に退く位置に守るもの守り得しものともまた明かすなく

近藤は若いころから、傍観者と言われてきました。これはある世代の人ならみんな知っているのです。近藤芳美を批判する言葉で一番有名なのが傍観者という言葉でした。自分は何もしないで、ただ見ていて目だけで歌っている。それだったら、行動すべきではないかと。つまり、実践こそ第一だという、社会主義のそういうことばありましたね。歌人でそれを実践した人が、斎藤喜博というアララギの教育者です。あの人は作品よりも実践が大事だということで『島小物語』その他教育の場で実践します。だが近藤芳美はそういうことはしなかった。歌だけで歌っていた。だから傍観者だと。それを最後まで気にしていた。でも、それでいいんじゃないか、だからこそ見えるものがあるんじゃないか、とも言っているわけです。自分はもちろん行動者ではない。でも退いた位置にあることによって見えるものがあって、それを見続けることも一つの生き方ではないか。でもそれを言ってもわかってもらえないだろう。だから「また明かすなく」となっているわけです。

『希求』という歌集は十八番目の歌集ですけれども、このころに近藤芳美は、湾岸戦争その他で核兵器がどんどん究極のところまでいくことによって、黙示録の世界のような、もう人間の英知、人間の思想なんか超えた技術が、多分地球を滅ぼす、人間を滅ぼすんじゃないかと考えたようです。そのときに、じゃ何にすがったらいいのかということで、『希求』の時代に神ということを盛んに歌い出します。ところが、ある時期からその神を歌うのをぴたりとやめます。やはり神に逃げるのはひきょうだと。人間というのは愚かだけれども、人間の英知を最後まで信じなければいけないのではないかということで、神のことを歌わなくなるんですね。

感動的なまでに歌わなくなる。ところが、亡くなる半年前に受洗するんですよ。それでキリスト者になって死んでいくんですよね。これもまた不思議なところなんですけれど。

一歴史の爪痕をさえとどめざりし社会主義世界幻想ののち

『希求』の歌です。一九九三年につくられています。一つの歴史の爪痕をさえもとどめない。みんな忘れてしまっている。あのときのあの時代の動きは何だったんだろう。

必ず知れと思うひとりのこころ激ち今日の日一思想体系の滅び

これが辛うじてわかる限界の歌です。この前後に、呪文のような歌がたくさんあるのです。みんなそれで読まなくなってしまうんです。「必ず知れと思うひとりのこころ激ち」と言われても困りますよね。でも、いろいろなことがあった。みんな忘れているではないか。もう一度思い出して知れと、こう怒っているわけですよね。そして、今日の日一つの思想体系が滅びていってしまっている。みんな忘れようとしている。それでいいのか。

いつさえに崩さざりし人間肯定をこの日にもいえ未来は知らず

近藤芳美という人は非常に健康的な人でした。物すごく健康的だった。つまり、ニヒリズムから最も遠かったわけです。今はこんなことを言うと非常に恥ずかしいですが、どこかでどうでもいいじゃないかという、つまり自分の生活も自分の命も、どこかでもうどうでもいいじゃないか、というように思ってしまうところが、どうしてもあるような気がするわけです。でも、近藤芳美はそういうことは絶対に言わなかった。人間は愚かであるとは思っていましたけど——。

愚かというのは、初期から近藤の歌に出てきますね。だけども、どこかでやはり人間というのは失敗しながらも失敗しながらも、最後には少しずつよくなっていっているんじゃないか。そう考えなければ仕方がないんじゃないかということを常に言っています。先のインタビューの中でも「人間は、愚かだけれどもやはり少しずつ進歩してよくなっている。それに我々が向かっていると思わなければ、生きている意味がないんじゃないか」ということも言っている。「いつさえに崩さざりし人間肯定をこの日にもいえ未来は知らず」未来は知らないけれども、今でも自分は、それを思っているよと、こう言っているわけです。そして次は『メタセコイアの庭』です。

一価値体系消滅の彼方につづくものを未来ともいえ何かを知らず

一九九四年の作。こういう歌がたくさんあるのです。ここに私があげた歌を見ただけでも、ちょっと一歩引いてしまうような人が多いと思うんですよね。「一価値体系消滅の彼方につづくもの」、それは何か知りたい。でもわからない。人間だからわからない。近藤芳美は人間の限界に立つと言って死にました。自分は神の目で見たいんだけれど人間だから見られない。人間のぎりぎりまで考える。でもやっぱり人間だからわからない。悔しい。この歌も、一価値体系消滅の彼方につづく未来がどうなるか、それを知りたい。でも知り得ないという悔しさの歌ですね。

カール・マルクス二十九歳の予言の書の明晰は人間を信じたりしより

「カール・マルクス二十九歳の予言の書」共産党宣言ですよね。共産党宣言を買うという歌、読むという歌もある。『早春歌』に「共産党宣言を買ふ」という歌がありますよね。それからずっとたって八十歳になって「カール・マルクス二十九歳の予言の書の明晰は人間を信じたりしより」と、人間肯定を歌う。共産党宣言も人間を信じているんだと言ってます。

瀰漫して瀰漫してゆく荒怠の思想の日一社会主義崩壊の上

だらしなくだらしなくただれていく、この思想の荒れた、怠惰な日。社会主義が崩壊して、みんなだらしなくなっていって、それでいいのか。近藤芳美という人は思想を、マルキシズムを歌い、戦争を歌い、核戦争を歌う。

ところがこの時期、一九九四年、一九九五年、何が社会で一番大きな事件だったかというと、年表を見ますと、それはオウム真理教なのです。地下鉄サリン事件、その他生体実験だの、オウム真理教のことが、ほとんど毎日のように出ている。ところが近藤芳美は一切歌ってはいない。歌うのはあくまでも次のような歌なのです。

マルキシズム見し日の上に何なりしか書くことの問い過ぐとなさざれば

終末論明日に語られゆくめぐりなべて若さとあるを厭うに

もう社会の終焉だよと、若い者がそういうことを言っている。でもそれをとても嫌っていた。近藤さんは広島の人間だったから核戦争にこだわったという面もありますけれど、人間の心理、暗いところ、不健康なところ、そういうところには目を向けないんですね。

だから、戦争とか社会とかそういったことは歌うけれど、その中にある暗い陰湿な精神分析、心理学で分析していかなければわからないような世界、理知ではわからない、人間の英知とは反対の世界。そういうところは歌わないし興味もないということなんですね。驚くほど明確に歌うべきものと歌わないものとを峻別しているわけです。それはずっと近藤芳美の歌を読んでいくと実によくわかる。

在るものを在るままとせむ懈怠のうち退嬰はたましいの甘美にも似て

もう社会は、こうなったんだからいいじゃないか。もうしょうがないよ。またもう一度戦争が起こるかもしれない。それもしょうがない。つまり「在るものを在るままとせむ懈怠」、もうどうでもいいやという気持ち。「退嬰」というのは何か。「退嬰」というのは新しいもの、自分から進んで何か切り開こうという積極的な考え方、生き方、そういうものを失った状態をいうわけです。つまり怠惰でしかももう新しいものに突き進んで積極的に考えようとしない。そういう生き方は「たましいの甘美にも似て」そうなんですよ。甘美なんですよ。だからそこにみんな入っていってしまう。近藤芳美はそれを最後までしませんでした。傍観者と言われながらも、最後までこだわって、それを叫び続けていたんですね。でももう僕らは、この叫ぶということもしなくなっているような気がするんです。

陸軍桟橋とここを呼ばれて還らぬ死に兵ら発ちにき記憶をば継げ

これは非常にわかりやすい、近藤芳美の絶唱として挙げました。『命運』の中の歌です。これが広島の宇品桟橋に歌碑として建っています。大きな歌碑です。近藤芳美は歌碑を嫌いましたけれども、晩年に三つほど歌碑があります。これが一番有名です。見に行きました。そうしましたら、ホームレスの人が青いテントを張ってその裏に寝ていましたね。土屋文明は歌碑など犬の小便場になるだけだと言っていました。だから、近藤芳美もアララギの人も、歌碑というのは余り好まないんです。

問いとする人間の未来と命運と表現が思想であることのため

こういう歌も挙げておきました。詩の「表現」というのは思想である。つまり、中国や朝鮮半島の詩は、民族闘争の中で生き方を叫ぶ、思想を叫ぶ詩なわけですね。朝鮮半島も常に戦闘の中にある。そうすると、そういう中で、どういうふうに生きていくかという思想、生き方を問うのが詩だったわけです。ところが、それが日本に入ってきますと日本は島国ですからそういうものがない。ですから、日本に入ってきて詩の何が失われたかというと、思想だと言われています。最近ルワンダの大変な虐殺が言われていますね。『生かされて』という本がとても話題になっています。現実に周りで虐殺が起こり悲痛の中でみなが叫び声を上げている。そういうときには文学も詩も生き方、思想というものが心の中の叫びとして出るわけです。ところが日本は幸いなことに、島国だからそういうことがなかった。だから詩の中に何が欠如したかというと思想が欠如した。これは近藤芳美が晩年まで言い続けてきたことなんです。

人間が人間である限界に生死の問いのたかぶりならず

「人間が人間である限界」それは生きるとか死ぬとかいうことへの問いのたかぶりではない。人間の限界というのはどこにあるのだろう、残念だ、と言っているわけです。

社会主義幻想崩壊の後に来る世界を知らず思想に問わず

『岐路』の歌ですが、ついにここに来まして、起こってから十数年たった後に、思想に問わないんだと言っている。思想、思想と言った人間が、もう思想に問わないという。僕は近藤さんに「思想に問わないのなら何に問うんですか」と聞いたことがありますが、答えませんでした。やはり人間の英知や理性を信頼するならば、そこから生まれるものは思想じゃないか。今の思想がだめなら、やはり別の形として起こる思想じゃないのか。僕はそう思ったけれど近藤芳美は絶望の果てに「思想に問わず」とまで歌っているわけです。

それよりを問いてならねば「神」の域の前なる無力ついに人のゆえ

これだけ繰り返して出されると頭がくらくらしてきますけれども、わかりますよね。これ以上先を問いてならねば、それは「神」の領域だろう。「神」の領域を前にして自分を無力と感ずる、それは自分がついに人間だからだとこういうふうに言っているわけです。

戦争が業ならばその業の果て返る静けさを生きて誰が見る

人間は死んじゃっているのなら、誰が見るんだ。神が見るのか。わずかな人が生き残ったとしても、どういう世界がくるのか。そういう歌ですね。

ひとつときが次のときをつねに孕み一縷の幻想の今も縋るべく

絶望にはいかなかったんですね。やっぱり縋っているわけです。

核全面戦争の明日を必至とする過程怖れむとして思想に非ず

ここでもまた、はっきりと「思想に非ず」と言っていますね。『岐路以後』の歌です。

生と死ともとよりなしと知ることの老いの極みの救済が生る

老いの極みに救いがある、と。それは生とか死とかそういうレベルの世界ではない。そう言っているわけです。そして最後の歌、

絶対の「無」を救済に思うとし一切の人間の限界に立つ

これは、亡くなる少し前の歌ですね。近藤芳美の思想詠の果ての究極です。

近藤芳美には、もう一つの流れがあります。それを紹介してみたいと思います。こういう歌です。

よろこびの笑みはあるまま童女のもの共に過ぐる日ことば少なく

相責むる二人の自分がいるとする悲しみながら知るすべもなく

これらは近藤とし子夫人のことを歌った歌です。『岐路』の中に見られます。近藤芳美とし子は第一歌集『早春歌』のころから仲のいい夫婦と言われてきたわけですね。それから長い歳月を経て、晩年に近藤芳美が入院してしまい、その看病にとし子夫人が通っていて、今度は夫人のほうが病気になってしまうという、今よくある老老介護の形ですね。

それで夫人は鬱病のような感じになってしまい、今までできていたことができなくなってきた。近藤さんという人は、とし子夫人にすべてを頼っていた人でした。いろいろな行事予定、生活のこと、すべて秘書のようにしてとし子夫人がいたわけです。旅行しても植物の名前、場所、それはすべて奥さんがメモしていました。ですから、近藤さんは奥さんに聞いていたんですよね。それからもう一人吉田漱さんという人がいらっしゃった。

この人も亡くなられましたけれども土屋文明のことを書くときは、吉田漱さんが一緒に旅行していました。吉田漱さんが「近藤さんは全く何も知らないんだから」と言っていました。知らないことがあると「吉田君、あれは何だね」と、こう聞いて書くわけです。とし子夫人にも「あの花は何」「あの道はどこ」と聞いて、歌をつくったりしていることがあった。ほとんど頼っていたわけです。

その奥さんが病気になって、何もできなくなった。だから、近藤さんがすごく苛立つわけです。そうすると、とし子夫人は、自分がかつていろいろできたのができなくなった。それが自分にわかるものだから、それで奥さんも、私ってだめになってしまったということで、どんどんめいっていくわけですね。二番目の歌「相責むる二人の自分がいるとする悲しみながら知るすべもなく」奥さんが二人の自分が頭の中にいる、と。それが片っ方では自分はこうしたいと思う。片っ方ではそんなこともできないのか、おまえはだめだという。頭の中で自分を責め合っている二人の自分がいる。それを聞いていて、悲しみながらも自分にはそれを知るすべがないと言っています。

誘眠剤に頼り寝ぬるにその息の安けき傍え雪となる夜を

不意に来て声となる欷泣を覚めておりひとりを早く寝ねしめし後

睡眠薬を飲んで寝ている夫人。雪の降っている夜をそばで見ているわけです。そうすると急に夫人が泣き出す。それを黙って聞いているわけですよね。近藤とし子さんのそういう泣き声を。そして、最後の『岐路以後』という歌集には、こういう歌が入っています。

くり返す放心を無心の思いとし君におさなきときはめぐりつ

ながきながき思い心に重ねつつ老年というさびしき時間

君にしばし留まる心を無心とし空にかすみて残る夕映

とし子夫人は非常に美しい人ですから、今も昔の面影が残っているわけです。だからそれを見て、全く無心の童女のような姿だと。ああ、また昔の幼い、十代に会ったときのとし子に返って

いるな、というふうに見ているわけです。そして最後の歌になりますが、

マタイ受難曲そのゆたけさに豊穣に深夜はありぬ純粋のとき

これは亡くなる少し前の歌ですけれど、近藤さんは、西洋文明が本当に好きでした。キリスト教文化が好きでしたね。ですから聞いている曲もバッハ、モーツァルト、そういった西洋の音楽でした。歌謡曲なんて、聞いたことないんじゃないかなと思います。それは岡井隆もそうです。演歌が大嫌いですね。美空ひばりなんて僕はすてきだなと思うんだけど、大嫌いですね。なぜか知らないけれど。

「未来」ってそういうところなんです。近藤芳美という人は、ほとんど人の面倒を見ませんでした。僕が「未来」に入って、ある会合で近藤芳美の講演を聞きにいって、終わってあいさつに行きましたら、僕の顔を見て「君は?」と言うから「あ、この間入りました大島ですが」と言ったら「ああ、そうか」と言って「君、どっちへ行くの」と言うから「僕はこっちに行きます」と言ったら「ああ、そう。じゃ僕はこっちに行くから」と反対の方にさっさと行ってしまった。

そのかわりよかったことは、近藤さんを気にしないで、何をしてもよかったわけですよ。

どこで近藤芳美の悪口を言おうが何しようが一切おかまいなし。近藤さんはかなり怒っていたらしいのですが――。それで「僕は怒ってばかりいる。気が弱いから、破門にできないだけで、本当は怒っているんだ」ということを言っていましたけれども、僕が「怒るってことはいいこと

じゃないんですか。それだけ緊張しているんだから」と言ったら苦笑いしていました。近藤さんは雑誌の面倒も何も見ないですね。岡井隆さんや田井安曇さん、僕とか、いろいろな人が雑誌をやってきたわけで、本人は何もしないんですよ。選歌だけしましたけれど。そのかわり束縛もしない。

歌集を出すときも、いつ出しても一向に構わなかったから「大島君、こんな歌集が来たけど、これは『未来』会員かい」などと言っている状態でしたね。許可をとる必要もなければ何もない。本当に自由でしたから、時々いろいろなところで悪口を言うと、それが近藤さんの耳に入ったりして「おまえ、この間こんなことを言ったそうだな…」とか言われたりして、「済みません」とか言って、それでおしまいだったりするんです。とてもおもしろい。そういう点では大陸的でしたね。

＊

最後に『早春歌』の歌を挙げておきます。

たちまちに君の姿を霧とざし或る楽章をわれは思ひき
風邪気味に顔ほてらせてありし夜にはじめて人の美しかりし
壊れたる柵を入り来て清き雪靴下ぬれて汝は従ふ
近々とまなこ閉ぢ居し汝の顔何の光に明るかりしか

これが『早春歌』のころに近藤とし子夫人を詠んだ歌です。とても初々しい歌。それからずっとどの歌集にも、奥さんのことを詠まれた歌が少しずつあります。ですから、難解な歌がたくさんある中に少しずつそういう歌があり、そして『岐路以後』に近藤夫人が病気になって、それを看病する歌が出てくるわけです。つまり、近藤芳美には思想詠としての一つの流れ、社会詠としての流れがありますが、とし子夫人を歌った歌の流れもあるわけです。とし子夫人という人は非常に強い人でした。そんな弱い人ではないんですね。

こういうエピソードを紹介します。これは昭和十五年かな。近藤芳美が召集を受け、新潟にいた、とし子夫人に電報を打ちます。

「シヨウシウヲウク　一二五ヒニウタイ　ダンジノホンカイナリ　トシコニヨクオハナシコフ　コンヤカアス　キチムケタツ　ヨシミ」そうしますと、とし子夫人はそれを父親からもらって見て戦地にこういう電報を打ちます。

「コノジダイニ　ワカクイキレバ　オソヒカカル　イカナルコトモ　ワラヒテウケム　イノリツツ　トシコ」すごいでしょう。この電報が戦地を転々として、近藤芳美のところに届くわけです。たくさんのふせんを張られ、それが残っているわけです。最初に申しました近藤芳美展の冊子の中に、それが写真版入りで入っています。これを読むと本当に感動するわけです。なるほど、こういう二人の関係だったのかと。「たちまちに君の姿を霧とざし或る楽章をわれは思ひき」これは、金剛山でのアララギの歌会があったときに、土屋文明が来るわけですね。それで、近藤芳美も歌会に出席する。そのときにとし子夫人にも初めて会い、こういう歌をつくる。最後の『岐路以後』になると「君にしばし留まる心を無心とし空にかすみて残る夕映」「くり返す放心を無心の思いとし君におさなきときはめぐりつ」こういうふうになるわけです。

一方で夫人を愛する愛の歌があって、これと思想詠との両方で、近藤芳美という存在はあるんですけれども、思想詠のほうが余りにも多くて、しかもだんだん難解になっていくものだから、みんなから敬遠されてほとんど読まれなくなったんですね。近藤芳美の名前は知っているけれども、歌はあまり読んだことがない、最近の歌はほとんど知らないという人が多いのではないかと思うんです。

近藤さんは非常に合理的な人でした。最後まで神ということを言いながらも、人間の英知を信ずるということで、神には行かなかった。だけれども、最後は受洗して亡くなるわけです。近藤さんは晩年はとても不幸だった面があります。歴史に裏切られた。時代に裏切られて、社会主義、マルキシズムのことが忘れられたこんな時代になって、こんなはずではなかったと最後までこだわった。私は昭和十九年生まれですから、安保闘争のころを経ています。あのころの日本がどれだけ社会主義というものに対して幻想を抱き、夢を抱いていたかを知っています。多くの人がそうでした。でも、みんなだれも言わない。近藤芳美は、それに最後までこだわり続けたんですね。

そこがすごいと思うわけです。

前立腺のがんでしたけれども、カルチャーなどにも出ていまして、元気だったんですが最後手術をするかどうかといったときに、もう九十一、二歳でしたので、高齢だから普通は手術なんかしないんですよ。でも、近藤さんは、合理的な人だから、手術すれば治る可能性があると言われたら「じゃ、お願いします」と言って、医者の言うとおりに従ったわけです。つまり、医者は専門家だから、素人よりは、医者の考えに従うほうがいいだろうと。ほかの人に聞きますと「そんな九十歳をこえて手術なんて、冗談じゃないよ。絶対肉親がとめる」と言ったんですけれども、近藤さんは「受けましょう」と言って受けた。それでとても苦しんだわけです。最後は、よく知りませんが、何かすごい手術をしたようです。あんなことをしなければもっと生きられたはずなのに、急に老人になって亡くなってしまったわけです。近藤芳美という人は、私は高校生のころから知っていますけれども、気の弱い人でしたから、面と向かってはほとんど強いことは言いませんでしたね。自分は弱い人間だし、傍観者でいい。どこが傍観者で悪いんだと。ただし自分は表現にかけている。表現にかけるということが傍観者であるわけがないということも言っていました。そして何度も人間というのは本当に愚かだと言い、繰り返し思想と戦争のことを歌い続け、それでも最後まで人間を信じて、人間を信じなければ仕方がないんじゃないかと。そういう思いで生きていたわけですね。

土屋文明は「十といふところに段のある如き錯覚持ちて九十一となる」と、九十一歳の歌を歌っています。近藤芳美も百歳まで生きたかったろうと思います。自分は百歳まで生きると言っていましたから。それだから手術も受けたんだと思います。土屋文明のように百歳まで生きたら、あと七年あったわけですからどんな歌をつくったかなと、そんなふうに思いながら『岐路以後』の歌を読んでいるわけです。「未来」会員の一人として、今後も近藤芳美を読み続けていきたいと思っています。どうもありがとうございました。

インタビュー　近藤芳美に聞く

――私が上京して近藤さんに初めてお会いしたのが昭和三十八年（一九六三）です。今年は平成七年（一九九五）ですので三十二年という月日がたったわけですが、こういうかたちで近藤さんにお話をうかがうのは初めてですので、嬉しく思っています。

私が上京したときには、近藤さんはいまの私と同じ年（五十歳）だったわけですが、あのころの近藤さんはすでに巨匠に見えました。どうしてあんなに大きく見えたんだろうと、いま自分がその年になって不思議な感じがしております。あのころ近藤さんは、たしか清水建設に勤めてられたと思うんですけれども、どんなお仕事をされていたんですか。

近藤　ぼくは大学では建築学を専攻しまして、そのときは建築を設計ということにしか理解していなかった。ところが、戦争があり、戦後、日本が戦災で荒廃しているなかで、アメリカの先進技術を調べよという会社の命令を与えられたわけです。あらゆる日本の技術の後れを取り戻さなければならないという仕事を与えられて、自ずから研究者という立場になってしまった。結局は研究所をつくって、研究者、あるいは技術開発という仕事の面を担当してきたので、いわゆる建設会社の本来の仕事とは離れたところにいました。

——中央研究所の所長か何かなさっていたんですね。

近藤　次長をやって、次に住宅工業生産の開発にかかわってきました。

——いまは普通となっているプレハブ工法開発の、最初のころのお仕事だとうかがいましたが。

近藤　そうです。ソ連が、戦争が終わった荒廃の上に、その社会主義建設のなかで盛んに高層住宅の工場生産を実施しているというので、比較的早い時期、ソ連に行ってその技術を見てきまして、これを日本に持ってこなければいけないというのでかかわりとなって、研究所勤務の後半は高層住宅の工業生産の技術開発という仕事に携わることになって、そのほうの部長なんかやりました。

——それじゃ、現場に出るということはなかったんですか。

近藤　その経験は、ほとんどないですね。

——あのころ近藤さんは朝日歌壇の選者をされていたりして、かなり短歌の世界では知られていたと思うんですが、会社のお仕事と短歌の世界の仕事を、どういうふうに折り合いをつけていらっしゃったんですか。

近藤　そういった問題を出すのは大島君自身が悩んでいるからだと思うのですけれども、苦しいことですよね。ぼくだって、もしぼくの仕事の部下に短歌なんかつくっているやつがいたら困るものね（笑）。

――昔、同僚で一人、近藤さんに対して厳しいことを言う人がいて、その人がのちに清水建設の社長になった、という話をお聞きしましたけれども。

近藤　その人は会社に来なければ大学教授になるような秀才でもある人でして、技術の問題なんかでも意見をもっていた。そのことで対立したりしました。その中途半端な知識にぼくは若いまま反発したのでしょうね。その人は高層住宅の工業生産にも反対していて、そういったことで最後まで対立して、結局ぼくは大学の先生になることになったりしました。

――近藤さんは会社で、対立した場合、大きい声をあげて論争するなんていうことがあったんですか。

近藤　そういったことに関しては、自分の主張は曲げなかった。

――歌人としてのほうが有名だったわけですから、いろいろなことがあったんじゃないですか。

近藤　いちばん困ったのは、会社の幹部たちがロータリークラブなんかの幹事をしていて、話をしろというのでやたらに動員されるんです。

――あの男にやらせればいいからということで？

近藤　そうです。手もとに便利なのがいるから、というので。

――初期のころには現場の歌とか製図紙の歌とかありますけれども、だんだんなくなってきますね。

近藤　現場にいると歌になるのだね。人間が対象でしょう。いろいろな人間の葛藤のなかに生きなければならぬことがありますから。ただ純粋に研究開発になると、歌になるようなものがあまりないのですね。それから、ぼくは、自分一人のことを大きな声で歌にしようという気はなかった。

――職場での悩みといったものを歌にしようと思わなかったということですか。

近藤　あまり大きな声で人に言うべきことではないと思っていた。

――それはちょっと痛いですね（笑）。いまは、職場詠に限らず、それが多いですから。

近藤　ぼくは「アララギ」出身であるし、生活を歌えということを若いときから教えられてきた。土屋文明先生など、そういった主張をしていた。でもぼくは、ごはんを食べたり、夫婦喧嘩をしたり、会社に行って苦情を言ったりすることを〝生活〟とは思っていないんです。むしろドイツ語で言う〝レーベン〟というふうに理解していましたので、そういったことを歌うという気持ちはあまりなかった。

――私が近藤さんに初めてお会いした昭和三十八年というと「未来」が創刊されて十二年目なんですが、そのころ近藤さんのお宅とか会社には、創刊同人がしょっちゅう押しかけたりしていたんですか。

近藤　初期のころは来たね。そのころはいまみたいにぼくの身辺にそう本がなくて書斎がいくらか広々してて、そこにまだ学生だった岡井隆君などが突然夜中にやってきて、そのころぼくのところにあった手回しの蓄音機を抱え込むように抱いて、ぼくのところにあるSPのレコードアルバムを黙って聴いて帰ったり、そういった時期はありました。ある夜中に稲葉健二君という当時の編集長が、いま岡井君に殴られたなどと、突然やってきたことがあった。『未来歌集』という合同歌集を出したことがあるのですが、その出した直後に議論して殴られてきました、と。もっとも、あんまり憤慨もしないで興奮だけはしていたけれどもね。来ると必ず玄関の前で、まだ水道がないころですから、ポンプでガチャンガチャンと水を汲む音がする。「ああ、誰か来たな」と思うと、そのうち稲葉君なんかが現れて……。当時はまだみな若く、入れ替り立ち替り、いろいろ来ましたよ。

――しょっちゅう喧嘩ばかりしていたという感じだったんですか。

近藤　お互いに論争し、時には喧嘩をして、それをかわるがわる伝えに来たりなんかしてね。そういった、いい意味での同人雑誌の気風というのが、初期のころにあったね。

――十二年もたつと、創刊メンバーの方でやめていかれる人も多かったですか。

近藤　同人誌というのは初めから脆いもので、共通の文学観があって集まって、そして次第にそれぞれ分かれていくのは当然なんです。「未来」もそういった道をたどっていったんでしょう。いまでは、それぞれ違った文学観をもったまま作品をつくっているし。本当を言えば、そういった時期に早目に廃刊すればよかったのだけれども、「廃刊しよう」と言っても誰も賛成してくれなかったし、何となく皆さんくっついていらっしゃる。どこかに愛着があるのでしょうかね。

――もう四十四年たちましたね。

近藤　そうです。でも「未来」はもうぼくのものじゃないですからね。

――近藤さんご自身にとって「未来」をやっていてよかったとか、これはマイナスだったとか、そういうことはありますか。

近藤　始終腹を立ててた（笑）。

――それはプラスじゃないんですか？

近藤　そうかもしれんね。腹を立てたら歌ができるから。腹を立てて孤独になるといい作品ができるから、始終ぼくを怒らせることも大事かもしれないね。だけれども一ぺん怒ったらそれだけ寿命が減るそうだから、ぼくがいつか死んだら誰かのせいだと思ってください（笑）。

――初期の同人誌的雰囲気というのはいまも残っていまして、近藤さんから影響を受けながらも、逆に近藤さんを刺激したという面もあったと思いますね。

近藤　誰も影響を受けていないと思うけれども（笑）。

――皆さん、ある時期は影響を受けていたんじゃないですか。

近藤　そうなのだろうか。

――たしかに、だんだん変わっていきますね。

ちょっと話題を変えます。

近藤さんは『新しき短歌の規定』という本を出されています。私が高校時代に愛読した本のひとつなんですけれども、最近講談社学術文庫に入りましたのでもう一度読み直してみました。とても懐かしかったんですけれども、ああいう激しい口調の文体というのは、だんだんなくなってきて、やはりあのころの時代を反映しているなと思いました。あのころ近藤さんがああいう文体で文章を書かなければならなかった理由と、それからもうひとつ、近藤さんは日本人だけれども朝鮮の生まれだものですから、日本人離れしているというか、西欧文明への信頼とか、科学者ですから科学への絶対的な信頼があるんですけれども、そういった面はいまでも変わらないのかということを、お訊きしたいと思います。

近藤　ああいう文章を書かなければならなかったのは、戦後、突然に立たされた立場のためだったからと思うんです。戦争中にみんなが声を揃えて制服短歌をつくっていた。そのなかで歯を食いしばるようにして自分の歌をつくっていた。それが突然敗戦になって、周囲で短歌をつくっていた先輩歌人たちが、放心したかのようにほとんどものを言わなくなっていく。そのなかで「第二芸術論」などが言い出されて、歌壇外部からの短歌批判が、一時期高まりました。そういうことに対する危機感があった。その危機感のなかで、短歌作者である以上歌をつくらなければならない激しい焦燥、あるいは周囲の短歌世界に向ける怒り、さらにはひとつの時代がこれからくるんだという歴史の確信のようなもの、そういったものが一気に文章化になったんだと思います。

いま大島君が、ぼくのなかにある西洋と言ったけれども、いわゆる日本的なものに対する不信のようなものがぼく自身の出生の上にあった。それとかかわって、学生時代に読んだ文学はだいたい西洋文学の系列にあり、ぼくは日本文学のなかに流れているジメジメした陰湿なものが生理的に嫌いだった。おそらくそういったものがぼくのなかにある西洋として周囲に映ったんじゃないかと思います。

それから大島君がいま科学ということを言ったけれども、ぼくはこれはややことば足らずであるといまでも思っている。ぼくが『新しき短歌の規定』のなかでしきりに科学ということを言っているけれども、必ずしも自然科学のことを言っているんじゃないんです。社会科学を含めて言ったつもりなんです。それからもうひとつ、いまになってみれば、科学といったことばは舌足らずであったわけで、別なことばで言えばよかったと思うのだけれども、人間の悟性とか、あるいは英知とかいうことばで考えるべきものじゃなかったかと、いまでは思っています。

――たしかに科学ということばでは表せないものが含まれているようですね。

近藤　ぼくが旧制高等学校と大学で自然科学系の学問をしたために短絡してとられた。少なくとも社会科学という気持ちがそのときにはあったんだけれども、それは理解されなかった。

――当時読んだ印象と今度読んだ印象が非常に似ていたので嬉しかったんですが、当時、日本文学とは異質な方面に信頼感を抱いている人が、どうして短歌をこんなに一生懸命つくり続けるんだろうと不思議な気がしたことをおぼえているんですが、そのへんはどういうふうにお考えですか。

近藤 なりゆきと言ってしまえばしょうがないけれども、短歌をつくることによって斎藤茂吉とか土屋文明といった日本の第一級の人たちに出会ったことがやはり初めにある。それから、さっき「制服」と言ったけれども、戦争中は小説家・詩人、評論家を含めて、日本の文学の世界すべてが一色に軍刀を吊ってカーキ色の国民服を着て「戦線視察」といって戦場に行って、そして帰ってきて、傲然として民衆に向かって「聖戦」のことばを説いた。そのことのやり切れない不信の上に、そういった時代のなかで、ぼくの周囲にある短歌だけが細々と人間の真実を歌い続けていたという信頼があった。ぼくの戦後の作品は、たぶんその信頼した真実の声であるものを継承しようと思ったのです。あのなかで人間の最後の真実のことばを戦争の最後まで語り続けたのは、我々の周囲にあった無名の民衆であり、前線の兵士を含めて人々の歌う短歌だと、そう知り、その文学であることの信頼があったのでしょう。

――そのときは、短歌は両面あったわけですね。

近藤 そうです。一方には制服短歌があった。しかし、その傍には無数に、ぼくは「無名者」と言っているけれども「無告の民」ということばで言った人もある、無名の多数の短歌作者がいて、戦場で、あるいは銃後で、その日の人間のぎりぎりのことばを歌に歌い残していたという信頼が、たぶんぼくに戦後に短歌をつくらせたのじゃないかと思う。ほかの文学・芸術に対する不信の上につくらせたと、ぼくは思う。それは、基本においていまでも変わっていない。

――近藤さんのご意見をお聞きしていますと、「アララギ」の精神を受け継がれていらっしゃる面と受け継がれていない面がありますね。たとえば文明さんが〝生活〟といったことに対して近藤さんは〝政治〟ということを言われるとか、いろいろ受け継いで広げていらっしゃる。一方、「アララギ」の主な歌人はみな万葉研究とか古典研究をやっていますけれども、近藤さんはそちらの面は意識してなさらなかったんですか。

近藤　ぼくの考えは「アララギ」の先輩である茂吉とか文明のいちばん大事なところを継承していると自分で思っているし、当然そのことは理解されるものとも思っていたけれども、斎藤茂吉なんかはぼくに対して晩年には反感を抱かれていたらしいのね。茂吉に「東京新風」ということばがあって、ぼくは誰か他の人のことを言っているのだなどと呑気に思っていたら、どうもぼくのことを言っておられたらしいのね。のちに知ってやや意外でもあり、申し訳なかったとも思いましたが、しかし、ぼくは斎藤茂吉にその戦後の、たとえば『新しき短歌の規定』などを書いたりした一時期憎まれたかもしれないけれども、それは光栄だと思っている。

――土屋文明さんも晩年は、近藤さんがどんどんはみ出ていくのに対しては、あまり賛成とは思っていなかったでしょうね。

近藤　それはそうでしょう。しかし、ぼくは文明先生には文学者としては最終的に信頼されていたと思っている。何かのときに、その作品に対して「近藤君が書いてくれたらいいな」というようなことを言われたことがあったとも聞いています。

――近藤さんは自分がもう一度何かするとしたら考古学をやりたいとかおっしゃっていましたが、『万葉集』を研究しようという気持ちはなかったのですか。

近藤　研究しようなんていう気持ちはないよ。だけれども、いま、あるカルチャーで『万葉集』の輪講をやっていまして、必要があって『万葉集』をまた初めから読み直している。読み直してみて、いままで気がつかなかったおもしろさをいろいろと感じています。『万葉集』を最初に読んだころから、ぼくは人間の歴史というものに関心をもったんですけれども。そうしてそのなかに当然その時代の日本もあるけれども、日本以外の周囲の世界――朝鮮半島とか中国とか、さらにはヨーロッパを含めてもっと大きな人間の歴史というべきものを視野に入れて、そういった知識を背後にもって『万葉集』を読む読み方をしてみると、若い日に読んだものよりなお生き生きとした何かがあるような気がして、ちょっとまた『万葉集』が新鮮でもあり、おもしろくなってきた。そのなかに生きている一人一人の作者、たとえば作品を一首だけ残しているといったような人たちまでに、この人はどういった人だろうか、どういった人生を生きていったのだろうかなどという思いをたとえ残された一首からさえ読み取るには読み方があるという発見をいまさらながら思い、まだまだいろいろな読み方が残されているんじゃないかとこの年になってやや興奮しています。ただ、それをどう解釈するか、どう読むかという範囲の興味は、ぼくなどの手におえることではないと知っています。

――古泉千樫とか島木赤彦のころは、まだ『万葉集』の研究は素人の域でできたんですけれども、いまはもう素人が入り込めない。

近藤 それは国文学や『万葉集』だけじゃなくて、すべての学問がそうでしょう。たくさんの大学ができて、たくさんの学者あるいは学者志望者が生まれてきて、みなが研究発表をしなければならない。おそらく『万葉集』もそれと同じで、たくさんの学者たち、学者の卵たちが、あっちをつつき、こっちをつつきしているなかで、もうそれは歌人などの勉強では追いつかないよね。だから、自分は自分の勝手な読み方をする以外にないと思っている。

――そうですね。昔のように歌人がちょっと思いつきで考えて言ったことが通用する時代じゃなくなっていますからね。

近藤 そう。それはうらやましい時代だけれどもね。それで本が売れるんだから。

ただ、たとえば天智天皇の后の倭姫という人がいる。『万葉集』にわずかの作品を残して、壬申の乱のなかで歴史から消えています。一首か二首、死んだ天皇のことを悲しんで歌を詠んでいる。だけれども、その後のことはわからない。どういった人であったかもわからない。そのわずかな作品ながら一人の女性が生きた生涯が彷彿としてきます。そうしてその背後に、ぼくはそのもの東アジア全体をめぐる歴史ともいうべきものまで読み取っていけるものがあるとも思っています。そういったことで、まだまだいろいろな読み方があると思うので、楽しんでいますまた読み返しています。

――『アララギ』の子規から左千夫・赤彦・茂吉・文明へという歌の流れについてはどうですか。

近藤　子規が滅びかかっていた和歌のなかに何を見出そうとしていたか。当然、俳句ですよね。俳句のなかの表現の機微のようなものです。短い詩型のなかにひとつの世界を表現するための表現の機微といったものを子規は俳句のなかに見出して、これを当時の新派和歌に応用しようとした。それがほかの当時の新派和歌の開拓者とは違っていたのでしょう。そのことが節に継承され、赤彦に継承され、茂吉に継承されたんじゃないかと思う。表現の機微だけではないのかもしれないけれども、それを子規は鋭く俳句の世界に見出していったのだと思う。

では、その機微はどこに由来するのか。ぼくは中国の古典詩だと思う。厳しい形式のなかで、ひとつのことばでひとつの世界を具現していく。この方法、ないし厳しさはどこにあるかというと、僕は中国の古典詩だと思います。その中国の古典詩の表現の秘密のようなものを、たぶん俳句を通して正岡子規は見出し、それを伝えていったのじゃないかと思う。それがどこまで有効か、どの範囲まで有効かは、ぼくはまだわからないけれども、少なくともぼくのなかにあるものは、やはりそれを継承してきてよかったなという思いです。当然子規とも茂吉とも違った、ぼくの短歌の世界ですけれども。ぼくが中国の古典詩に関心をもっているのは、そういったことです。

李白とか杜甫だとかだけではなくて、まだまだたくさんの詩人が中国にはいるわけです。日本にはあまり紹介されていないような、いい詩がありますよ。岑参という詩人を知っていますか？唐の乱世に自ら求めて西域に行って戦場で戦って、そのなかからつくった辺塞詩という一世界がある。もっと読まれてよい詩と思っています。

――それはどういう本で読まれるんですか。日本で出ていますか？

近藤 日本にも少数の翻訳はあります。ぼくの『希求』のなかに『全唐詩』という本を手に入れたという歌がありますが、清の康熙帝が編纂させたもので、唐の時代の詩を一応広く集めた詩集とされています。それを偶然手に入れたのです。

――それは中国版、台湾版どちらでしょう？

近藤 中国版です。ただ、買ったのはいいけれども、読めない。というのは、中国の詩というのは、短歌みたいにズラーッと通してある。五音とか七語とかで切っていないのね。むずかしいんです。それから、その総索引があるんだけれども、この総索引がまたむずかしい。

——四角号碼《しかくごうま》で引くんじゃないですか。

近藤　そうです。これがわけがわからない。

——日本で出すと、その四角号碼に総画とか偏がつくんですけれども、向こうのものには四角号碼だけしかないんですね。それは版本でしょう？

近藤　ええ。上海本です。

——ぼくも仕事柄よく見ていますが、わら半紙みたいな、すごい悪い紙ですよね。

近藤　そうです。あれを翻訳しようよ。

——売れないからだめです（笑）。

近藤　あれを読まなければ読んだとは言えないよ。

——あれを読んでも、理解力がどこまで……。本当に理解できるんですか？

近藤　感動しているから、できるのじゃないですか（笑）。

ぼくは「未来」の新年会のときに「写生ということをもう一ぺん思い出さなければいけない」と言ったけれども、写生ということの原型じゃないかと思うよ。中国の詩の表現の機微というものは。それはやはり制約された短詩型の上に彼らが編み出していったものですよ。それを、おそらくわずかな知識で『万葉集』の初期にも継承されたのでしょう。それがさらに近世に至って俳句の世界で芭蕉や蕪村によって自然に継承されていったんだと思うし、正岡子規が我々に伝えてくれたと思っている。

――残念なのは中国語で鑑賞できないことなんですが、とてもきれいだそうですね。

近藤 きれいですよ。でも、それはしょうがない。日本の詩歌が外国に翻訳できないのと同じで、詩歌の伝達の限界でしょう。

――短歌が外国で翻訳される場合には、やはり限界がありますよね。

近藤 この前、ギリシアに行ったんです。ギリシアの詩人たちが歓迎してくれて、その会に出た。そのときに、ギリシアのアカデミー賞か何かをとったという女流詩人に会いましてね。その詩集をもらいましたが、「ハイク」と「タンカ」の二つに分かれていましてね。つまり、俳句の形式と短歌の形式でつくったギリシア語の詩が全部でして、それで文学賞をもらったというのでした。それからもうひとつ、そういった会で、何人かの詩人たちが集まって我々と話している片隅でじっと黙っていた髭をはやした若い詩人がいたのです。別れようとしたときに寄ってきて、小さな紙片を渡して、「ヒロシマ」の詩だと言い、「ハイク」と付け足しました。俳句はそのくらいには理解されている。短歌は一般的には理解されていないね。ただ、その理解のし方は、必ずしも日本の俳句とか短歌を本質的に理解しているのじゃないのだね。つまり、短い珍しい詩型のおもしろさということでしょうね。

もうひとつ言うと、やはりギリシアへ行きましたら、ギリシアの詩人たちの間でギリシアの古典詩の復活がいま行われているのも知りました。ギリシアの古典時代の詩に短歌と同じように非常に短い形式があるのです。それが復活する動きが起こっているというのでして、詩の世界で短い詩型というのがひとつの関心じゃないかとぼくは思いました。長い詩はもう読めないものね。そのなかで日本の短歌とか俳句、特に俳句が注目されているのでしょうね。そういうことを時々に感じる。

中国には漢俳という世界があって、これが非常に流行していて、たくさんの人が漢俳をつくっている。五七五の音律の中国語の詩でして、いろいろな文学者がつくっているのだけれども、きっかけは、ぼくが中国に行くより先に俳句の一行が行ったことです。彼らは日本の俳人たちに会って、俳句というものに関心をもって、じゃ漢字でつくってみようというので生まれたのが漢俳という世界なんです。ぼくらが行くと、彼らは五七五七七でつくってくれます。漢歌と彼らは言います。ただ、我々とは違ったものです。

――向こうでは「歌人」というと歌手のことだそうですね。中国で、日本の歌人でいちばん有名なのは土岐善麿さんだそうですが。

近藤　土岐善麿さんと石川啄木ぐらいで、斎藤茂吉などもあまり知られていない。

――やはりあの世界は、翻訳しようにも、韻律がないと何が何やらわからないという感じなんでしょうね。

近藤　しかし、いま盛んに翻訳されています。でも、問題があって、その翻訳をどうするかというのが議論されています。普通の自由詩のように自由に翻訳するか、あるいは一定の定型に翻訳するか。定型に翻訳するとすれば五言絶句とか七言とか、そういったものに翻訳するかというのが、ひとつの問題になっているのです。中国で和歌学会というのがあって、この前それに参加したとき、たくさんの学者たちが日本の和歌・俳句をどのように翻訳するかというのが彼ら学者たちの重大な議論の対象になっていました。いまは、五言絶句とか、あるいはその半端のようなものに訳すのが主流のようです。

――そうすると、一見漢詩風ですか?

近藤　ぼく自身はそれはあまり賛成じゃない。

――向こうの人たちは向こうの音で読んで、それが日本に入った場合には返り点をつけて漢詩風に読むという、おかしなことになってくるんでしょうか。

近藤　そうです（笑）。ぼくの短歌が昔のソ連で翻訳されたことがあるんですね。あるとき、翻訳されたのをロシア語がわかる人がもう一度日本語に訳したら、長い詩になるのよ。むずかしい詩でしてね。ぼくのところへ来て「先生、このもとになる短歌はどれですか」と聞くんですが、ぼく自身しばらくわからなかった（笑）。詩の翻訳というのは、そういったことがつきまとうのじゃないかな。

ただ、さっき言ったギリシアの女流詩人がつくった俳句とか短歌という形式の詩型は、これはギリシア語だからわからないけれども、英訳がついていて、それは翻訳できるのです。それを翻訳してみると、ぼくなんかがつくっている短歌と近く、わりにわかりやすいんです。「哨兵よ、目を覚ませ。不正を打て」という、こんな詩が三十一音の短歌の形式でつくられている。これならわかる。

――中国では、土岐善麿・石川啄木の次ぐらいに知られているのが近藤さんですか。

近藤　そう自分では思っているんだけれども。土岐善麿は早いこと行ったからね。結局は人間関係でしょう。

――土岐さんもかなり大陸的な広い視野の人ですが、自分の思想とか生き方、考え方が啄木に比べて理解されていないというので非常にさみしい思いをされていましたね。

近藤　たぶんそうだと思う。啄木よりは自分のほうがすぐれていると思っておられたのでしょう。ぼくもそう思う。土岐さんは、その存在の大きさほどには、いま評価されていないよね。

――近藤さんもますます理解されなくなって、さびしくなるということはお考えになりませんか。

近藤　だけれども、それは歌壇で理解されないだけだと思って、自分で慰めている。

――ぼくもそれでいいと思います。

近藤　そういった運命は、文学をやる以上は、甘受すべきものだとも思っている。

――近藤さんは昔から「批評に対して不信を抱く」ということを何度もおっしゃっていますね。どちらかというと「アララギ」系の人に多いと思うんですが、どういった点に不信を抱いているんでしょうか。批評に対して実作者が不信を抱くという気持ちはとてもよくわかるんですけれども、それが結局、批評を自立させないというか、伸びなくしている原因でもあると思うんです。近藤さんは、一体どういう点に不信をもっていらっしゃるんですか。

近藤 短歌にかぎっていうなら、批評に二つあると思うんです。ひとつは技術批判でしょう。人の作品に対して技術批評をする。だが、果たして技術批評ができるほどの歌人が、いま歌壇に何人いるかという疑問をもっている。本当はそれは短歌一首の指導と被指導というかかわりのなかでのみなされるべきものなのでしょう。もうひとつは、そうじゃない批評、つまり文芸としての批評がある。それはやさしいことではないはずです。第一に、批評する作者に対して、対置する何か、自分の文学観とか世界観をもっていなければいけない。ある作者に対してこういった批評をし、他の作者に対しては別の批評をするという、その程度の批評の易々とした態度に、ぼくは不信をもっている。誰かの批評をするなら、それに対立するだけのものを自分のなかにもっていなければいけないし、それから、他への批評は必ず自分に同時に向けていなければならないと思うのだけれども、短歌の世界で行われている批評は、誰かを批評しながら自分では傷ついていないよね。誰かに向ける刃は、必ず自分にも返ってくるはずのものでもあり、批評とはその厳しさに立つはずのものなのでしょう。

——定型の問題はどうでしょうか。定型をある程度把握する力とか、鑑賞力とか、そういうものを踏まえた上でないと、批評はできないですね。

近藤　一人の作者の作品をどれだけ読み取れるか。短歌の作品を読むことは当然定型を通し、定型と同時のものとして読み取ることであり、定型を読み取ることは、必ずしも作品の意味を詮索することだけではないと、ぼくは思っているんです。定型、あるいは定型に絡んで当然生まれる詩としての韻律とともに理解することだと思っているんだけれども、果たしてそのことをどれだけ批評者が理解しているだろうかという憤怒を始終抱きながら、ぼくは人の批評を読んでいる(笑)。

——たとえばピアノにしても能にしても、ある技術を踏まえた上での鑑賞であるわけですね。そうすると技術批判というものは、あるレベルまではなければいけないわけですね。ピアノの場合、下手だったら話にならない。能も下手だったら話にならないですね。それらはある程度完璧なものとして、その上での作品ですね。短歌の場合も、技術批評はだめですけれども、ある点まではそれを踏まえて、しかもお互いが理解しあった上での批評ということになるわけですね。

近藤　実際に苦しんでつくっているものが、そのことをどれだけ許容するかということです。ぼくは、ぎりぎりになると許容しないと思う。たとえば作家の志賀直哉さんなども批評に対する不信を書いておられたけれども、誰もそういった密かな憤怒を抱きながら作品をつくり続けていくんじゃないかな。それはしょうがないよ。

――そうすると、短歌の場合、批評家というのは育たないんですか。

近藤 たいへんな仕事だと思うんだけれどもね。技術批評を離れての一人の作家論は、ぼくはあり得ると思う。だが作家論を書くためには、自分の批評の地点をもっていなければね。思想といってもいい。

――いままでの作家論は、何を言ったかとか、つまり内容を中心に追っていくようなものに、どうしてもなりますね。

近藤 ぼくの批評不信というのは、まだあまりいい批評家が出ていないということ。「俺はそうだ」と思っている人は、たくさんいるかもしれないけれどもね。でも実作者というのは、その不信は一生抱いていくんじゃないかな。

――近藤さんは『短歌と思想』という本のなかで、「第二芸術論」のいろいろな批判のなかで短歌の形式の面からの批判が落ちていたということをおっしゃっていますね。

近藤 それはさっきも言ったように、短歌という定型詩は、その意味だけで理解して尽くせるものではなくて、定型と、あるいは定型にかかわる韻律を同時に受けとめなければ理解できないものがあるのだということです。たとえば、いつも言うのだけれども、斎藤茂吉の歌などに、ほとんど意味のない、内容のない歌がある。「何でこんなつまらないことを歌っているんだろう」と思いながら、同時に何か心のなかにある疼きを抱かせるような作品がある。定型であることの、一首の自ずからな調べからくるものであり、その「詩の」意味のことです。定型詩というのはそういうものじゃないかと思うのです。韻律といえば簡単だけれども、定型との葛藤のなかで生まれてくる、何か説明できない音楽のようなものであり、それと同時に意味を理解していかなければいけないものであって、たぶんそういったことをおそらく思って言ったのじゃないかと思う。

――『短歌と思想』のなかの野間宏さんとの対談では、「わが意を得たり」というか、とても楽しそうに話をされていますね。

近藤　あれはなかなかいい対談だったと、あとになって彼も言っていました。

――野間さんの小説はお読みになっているんですか。

近藤　ある時期までは読んだけれど。

――日本人の小説家は、どのへんまでは読んでいらっしゃるのですか。

近藤　中野重治かな。あと、野間さんぐらいにかけて。

――そのあとの若い人のは全然読んでいないんですか。

近藤　小説を読むよりは、もっと読まなければならないものがあるからね。だけれども、ぼくは西洋文学のほうはある時期に読んだ。そういったものを、必要があっていま読み直してみると、

「この程度のものの何にあのときあれほど感動したんだろうか」と感じることがある。人間、年をとると、読むに足るものがだんだん少なくなっていくのです。読むに足るものが少なくなっていくなかで、やはりぼくにとっては日本の小説というのも貧しさがまずあるのです。

何かのときに、中野重治さんに小説の批評を書かされたことがあった。ぼくの書いた批評に中野さんが非常に賛同して何かに書いておられたけれども、ひとつの小説を読んで何かを自分のなかに取り込んでいけるものがあるのを文学だとぼくはかたくなに思っているし、そのような期待をして読む読み方を常にしてきた。若い日にぼくはずいぶん西洋文学を読んだと言ったけれども、たぶんそのようにして読んだと思う。そのようにして読める小説がぼくの身近に、あるときからなくなっていったし、いまの小説は知らないから、どうなっているか知らないけれども、それがぼくが読まなくなってきた理由じゃないかと思っている。

——中野重治で思い出したんですけれども、岡井さんが『斎藤茂吉と中野重治』のなかで斎藤茂吉礼讃ばかりが盛んになってきて負の面を棚上げしていく批評に怒りをもって書いておられたけれども、近藤さんも『短歌と思想』のなかで同じことをおっしゃっていますね。ある時期から斎藤茂吉を褒めるものばかりが主流になってきた、と。

近藤　ぼくが斎藤茂吉に身近に接したのは、茂吉が五十代から六十代にかけての、いちばんいい仕事をした時期じゃないかと思うのだけれども、その時期に短歌の世界では斎藤茂吉に対する悪意ないし悪意ある批評はかなり満ちていたと思う。あるとき「短歌研究」の編集長大橋松平さんが、自分の結婚のときのお祝いの歌を雑誌に掲載したことがあってね。そうしたら歌壇はそれに対してすぐ、斎藤茂吉は衰えてそんな昔の歌しかできない、なんて批評している。ぼくは、なぜこれほど斎藤茂吉が理解されないのだろうかと悲しみながら無名の若者としてその周囲にいた。そうしたらいつの間にか斎藤茂吉は神様になってしまった。神様になると今度は、その賞賛だけがあって、斎藤茂吉のもつ文学の負の面を批評として誰も見なくなっていった。

あるとき、土屋文明が「君、文学者は人に褒められるようになったら終わりだよ」とまだ若かったぼくに向かって言ったことがあった。たぶん土屋文明は、いまから考えてみたら、歌聖などと言われるようになったそのころの斎藤茂吉のことを思ってそう言ったんじゃないかと思う。そのころは土屋文明が今度は盛んに批判される時期だったんでしょうね。

——それが、散文的とか言われた時期ですか?

近藤　そう。

——「短歌現代」という雑誌に、「短歌有用論再説」を掲載されていますね。東欧の問題、ベルリンの壁の問題があって、いまは「歌い来し方」になっていますけれども、「反戦の歌というだけなら他にもあろう。わたしがうたって来たものはそのことだけではなく、その底に暗く渦巻く人間、ないしは国家と呼ぶものの根源的な反理性ともいえる業、或いは原罪へ向ける怒り、悲しみ、更には その絶望と表裏する『祈念』でもあったのかとひそかに思う」と書かれています。近藤さんの最近の文章を読みますと、いよいよ絶望が救いのないところにいっていて、読むほうもつらいし、近藤さん自身、一体表現行為のどこに救いがあるんだろうかと思うんですけれども、そのへんのところはどうお考えですか。

近藤　「短歌有用論」を書いてくれということを言ってきたのは短歌新聞社社長の石黒清介君なんです。彼自身いまの短歌の世界に対する多くの不信と怒りをもって、『新しき短歌の規定』のときと同じように、そういったものを取り上げてくれというのが意向だったらしいんです。しかしぼくは、いまの短歌なんかにそう関心がないから、引き受けておいて、この際自分の思っていることを書いてみようと思って書き出したのだけれども、書き出す直前に東ヨーロッパに旅行した。その旅行の間何度か聞いたことばがあったんです。人間の歴史がこれで終わったという、いわゆる「歴史の終焉」ということばなんですね。そういうことばを、誰からとなく数回聞かされた。おそらく、いまヨーロッパでは、そういったことばが何かひとつの心情として語られているのじゃないかということを感じながら帰ってきたが、それはアメリカに住んでいる一人の日系の学者が言い出したことだとやや後れて知ったのです。

つまり、社会主義が崩壊した。社会主義というのは本来人間の歴史におけるユートピア希求だったんですね。ヨーロッパにある、「いまの世の中がもう少しよくなるためにはどうしたらいいか」という漠然としたユートピア希求が生んだものが社会主義だと、ヨーロッパ人は理解しているのじゃないかと思っている。それが今度の東ヨーロッパの瓦解とともに崩壊して、これでもう人間の歴史は終わったのじゃないか、これ以後、いまの資本主義社会、あるいはそれにつながる民主制が永遠に続いていくんじゃないかという、一種の絶望観ないしはその感傷がどうも彼らの心情としてあるんじゃないかと思った。それには若干ぼくの主観的な受け取り方もあるけれども。そして、そのことばはいままた、もうヨーロッパでも語られなくなっているらしい。日本でも語られなくなってきている。歴史などがそう簡単に喪失するはずもないでしょう。

しかし、一九八九年以後の東ヨーロッパの社会主義体制の崩壊というのは、それだけでなく、もっと何かを人間の歴史全体が見失っていて、これからどうしたらいいかというところに呆然自失として立っているんじゃないかともぼくは思っているのです。ぼくは日本の、思想というよりは、文学というよりは、短歌といったほうがいいのですが、もし詩人であるならやはりそういったものを自分のなかで問い続けなければいけない。そのことを書いてみたいとも思っているのです。

かつてぼくは、敗戦し、日本のすべての権威が崩壊したときに短歌をつくった。それを歴史激動というなら同じような状況に、我々はいままた立たされているんじゃないかと思うのです。そのときにぼく自身も短歌をつくらなければいけないし、同時にぼくの周囲で短歌をつくっている人らが、なぜそういったことをいま自分のうちに問わないんだろうという苛立ちがあるわけです。それは、さっき大島君が引用したぼくの文章のような思いを、常に伴っていくのだと思うんです。

ぼくは、短歌をつくることが喜びとは思っていない。むしろ苦行だと思っているのだけれども、しかし詩というのはそういったものじゃないの？ そういったものを最も鋭く負うことじゃないの？

――しかし、いまは短歌も俳句も作者がとても多いんですけれども、近藤さんが歌い続けてこられた短歌に対する信頼といいますか、情念というものは、どこかで救いや喜びのようなものがなければいけないんじゃないんですか。

近藤 その救いをどこに見ているかというのを、かつて戦争中の無名の民衆であり前線兵士の歌と言ったけれども、その続いているものとして、ぼくが密かに見続けているものが、「朝日歌壇」であったり新聞歌壇であったりする。ぼくは「無名者の歌」と言っていますが、衛藤瀋吉か誰かが「朝日歌壇」の歌を引用して評論を書いていたのですが、そのなかで「無告の民の歌」と言った。ぼくは「無告の民の歌」と言ってもいいと思う。そこに受け継がれているものに、ぼくは信頼をもっているとなお言いたいのです。それも本当は虚像のようなものかもしれないけれども。

ぼくは、短歌というのは、最後には一種の共同作業の世界じゃないかと思う。つまり、一人の作者が歌い、それが互いに呼び合っていく、その呼び合いの世界のことじゃないかと思うのです。

その呼び合いの世界がまだ短歌という形式の上に残っているのじゃないかと思うし、それをわずかに信頼して、この年になるまで歌をつくってきたのではないかと思っているのです。

ぼくの歌っている作品は、おそらく理解され難い作品だと思うけれども、それでもどこかでそれを聞いて自分の問題として受け止めている人がいるんじゃないかということを、かすかな喜びとして、希望として、さびさびと、あまり人の詠まない歌などつくっているのでしょうね。

——近藤さんの歌はますますますむずかしくなってきていますね。

近藤　ますますむずかしくなったけれども、どこかに理解者がいるとぼくは思っているし、思わなければならない。それを自分のこととして受け止めている理解者がいると思うんです。思いがけないところにぼくの読者がいるんですよ。決して歌壇じゃないけれども（笑）。

——短歌と思想というのは近藤さんの生涯を貫く大事な問題だと思いますので、しつこいようですが、もうひとつお訊きします。『希求』のなかに「まぎれなきこのときをも歴史に受けとめむ残生といえ崩れ去る戦後」という歌がありますけれども、「まぎれなきこのとき」というのは東欧とかソ連の崩壊のことですか。

近藤　そうです。かつて「社会主義」と称してあったひとつのビジョンが現実に崩壊したことです。

——それによって「崩れ去る戦後」は、自分のことですね。

近藤　同じ自分のなかにある戦後も崩れ去っていくであろう、と。

――そうすると、近藤さんにとっての戦後思想というのは、ある面では救いのある、さっき言われた夢みたいなものがあったということですか。

近藤　そう。それも崩れ去っていくだろうと思うね。しかし、次の問題があると思う。その先に問い続けなければならない新しい課題を、ぼくらはいま目の前にしていると思っている。

――それはとてもむずかしいですね。

近藤　むずかしいけれども、詩人というのはそれを負うことじゃないかな。

――それは業とか原罪とか、そういう問題とは違うところへいくんじゃないですか。

近藤　あるいは違わないかもしれない。つまり、社会主義思想が脆く崩れたというなかには、それが現実の政治となった場合の人間の業とか、国家自体の業というのがあったんだと思う。もういっぺん、それは何だというふうに見ていかなければいけないと思ってる。だから、それで当分死ねないよ（笑）。

――「後方に退く位置に守るもの守り得しものとともまた明かすなく」というような歌を読みますと、これまで近藤さんが批判の矢面に立ってきた理由などが思い出されまして、ぼくなんか感慨をおぼえるんですけれども、「また明かすなく」というのは、かつても明かさなかった、いまも明かさない、死ぬまで明かさないということですか。

近藤　ぎりぎりのところでは明かしていないかもしれないね。まだ本当のことを全部言っていないかもしれない。

——やはり近藤さんは、それを「後方に退く位置」と思われるわけですね。

近藤　思いますよ。だいいち、ぼくは前衛じゃないから（笑）。

——昔、嫌々前衛に立たされたときがありましたね。

近藤　立たされるときはありますよ、いまでも。

——「自らの退路を断たむためにいうことばは一生世に生きて過ぐ」という歌、自分は逃げたいけれども、その退路を断つために自分のいうことばというのは？　たとえば近藤さんは宣言に署名するとか、いろいろな行動とかなさっていますけれど、もっと何か……。

近藤　短歌だってそうでしょうね。短歌だって、一度表現としたことからは逃げられないからね。

——短歌で表現者としてあり続けることもそうだ、ということですか。

近藤　そうでしょう。すべてのことがね。誰でもそうじゃないの？

——話は変わりますが、いまリアリティということが非常に曖昧なかたちで使われていて、ぼくから見るととても朦朧体の歌で何を言っているのかわからないような歌が、若い世代が読むとすごくリアリティがあって感動したというんですね。近藤さんは最近短歌の原点に返れということで、長塚節の作品を引かれたりしているんですけれども、我々は原点というものがあると思っているからそこに返れというのはとてもよくわかるんですが、もともと原点なんかないという人から見ると全く別の世界であって、あの世界のどこにおもしろみがあるか……と。

近藤 短歌の世界にかぎらず、どこの世界でもそういったことは始終繰り返されてきたのじゃないかな。芭蕉がおり、蕪村が出て、そのあとに俳句の世界は繁栄したかもしれないけれども。

――感覚的には当然時代とともに変わらなければならないし、変わるべきだと思うんだけれども、近藤さんは一貫して同じことを主張されて変わらない面もありますね。変わらない面と変わるべき面というのは、近藤さんのなかではどういうふうになっているんですか。

近藤 正岡子規がおり、長塚節がおり、斎藤茂吉がおり、島木赤彦がおり、土屋文明がおりというなかで考えられ、相互作用として共同作業として深められ、継がれてきた文学の考え方、あるいは短歌というもの自体の考え方をぼくは受け継いできたと思っているし、それを誰かに継いでもらいたいとは思うね。先人が生み出したものを次から次に受け継いでいくことは大事なのじゃないかと思っている。そういうわけで、本当をいうと『万葉集』とか何かを言えばいいのだけれども、取りあえず、近くてわかりやすいのが長塚節だと、いま思っています。ぼくを信頼し、ぼくのあとを追従してくる、たぶん少数の人たちにそれを受け継いでいかなければならないということを言っているのであって、ぼくはそれをすべての人に聞いてもらおうなどとは思っていない。やはりぼくもやや人を指導しなければならない立場にいますから、そういう人たちに聞いてもらいたいと思っているのですね。あんまり周囲でそれを邪魔しないでおいてもらいたい（笑）。
――近藤さんは、若い人の作品とか、いろいろな選考をされていても、非常に柔軟で、相当、幅の広い鑑賞力とか理解力をおもちですね。自分の作品に対してはえらく狭いというか、頑固に主張されますけれども、人の作品に対しては、かなり幅が広いんじゃないですか。

近藤　それはそうです。芸術ですからね。芸術というのは千変万化すべきものであるし、ひとつとして同じものがあるはずはないので、みんながそれぞれ苦しんで探し出していけばいいと思っている。ただ、ぼくの文学をそれによって変える必要はない。そういった場合、自分に向ける厳しさというものは守っていこうと、ぼくは思っている。

――たとえばリアリティとか写生とか、そういったおもしろさじゃない、別のおもしろさでも、「これはいいな」というふうに認めようとされるときもおありになるわけですか。

近藤　でも、そこには一定の基準があるんじゃないの？　全部が全部、ぼくはいいと思っていないからね。この作者はいい、この作者はだめだなという判断はもっている。若い人に対してもね。

――ちょっと個人的な質問をさせていただきたいんですけれども、「アララギ」のなかでの高田浪吉の位置についてなんです。ぼくが昔、土屋文明さんのお宅にお伺いして高田浪吉についてお訊きしたときに、「赤彦の門下のなかでは素質があったと思うけれど、植木屋が木をいじるように、みんなでいじくりまわしてだめにしてしまったところがあるかもしれない」と言って笑っておられたのがとても印象的です。「アララギ」のなかでの高田浪吉の位置というのは、ある定説のようなものができていると思うんですけれども、近藤さんが最初に浪吉と会われたのはいつごろですか。

近藤 大学生のころ、「アララギ」の歌会なんかに行きますと、よく浪吉が来ていました。そのころは土屋文明や斎藤茂吉をめぐる若い歌人たちからは、若干軽視されていたと思います。そういうことは浪吉は知っていたのでしょうね。「高田先生どうですか」と言われて立ち上がって批評するのだけれども、そのとき「ハーッ」と溜息をついて批評していて、いかにもさびしそうな人だなと思った。校正などをしたあとに、若い人らと一緒に渋谷などに行って飲むことがあった。須田町食堂という安い食堂があったりしてね、そういうところで小暮政次や樋口賢治、相沢正などと飲んでいると、席を離れたところで高田浪吉が相沢貫一なんていうかつての赤彦の門下たちと飲んでいるのね。時々寄ってきてぼくたちの話に加わったりしていたけれども、「アララギ」の主流から疎外されている人だなと思っていました。

土屋文明という人は、わりに人に対する好悪の強い人で、高田浪吉に許せないものがあったのじゃないかな。

——例の論争以後ですか。

近藤 あの人は本当に庶民出身でしょう。庶民出身の素朴な生活歌がいいので、それを評価された人だと思うね。『川波』なんていう歌集がありますけれども、ぼくはいい歌集だと思っている。ただ、その世界を守ればよかったんだけれども、赤彦の高弟ということになって、おそらくしなくてもいい発言をして、鋭い土屋文明がそれを許せなかったのでしょう。

――とても痛々しい感じがしますね。

近藤　歌人のひとつの生き方ですね。生活に困ってもいたらしくて、戦後、歌会なんかで立って批評するときに「ぼくの女房に家庭教師をさせたいけれども、どこか口はないですか」なんていうことを発言したりしていましたね。

――あの人は文筆業で生きたから、いろいろなところから本を出しているんですね。

いくつかの本の「あとがき」を見ると、この本が少しでも売れて生活が楽になることを願うというようなことが書かれていまして、涙が出ますよ。

近藤　それはわかるけれども、そのときはぼくら若かったものだから、そういったものに理解はできなかった。

――先ほど、歌壇とかそういうものに言いたいことはないとおっしゃいましたけれども、いまの歌壇とか短歌に望むこととか、あるいは欠けているものとか、そういうことはないですか。

近藤　「新歌人集団」の会合のころ「第二芸術論」がしきりに語られて、そのなかで短歌の滅亡などということが言われたりして、もし短歌が滅ぶのなら、我々がその最後の歌人であろうなどとやや突き詰めてみなで論じ合ったりしました。ところが短歌は滅びなかった。そうしてますます隆盛になっていったけれども、しかしぼくは何かいまひとつのものを見失って繁栄しているのじゃないかという焦燥感をもつのです。たとえば八八年以後、いま世界を覆っているものをなぜに自分の詩として受け止めないのか。若い歌人たちがなぜそういうことを思わないのだろう、ということを感じる。誰かそういうことを全面に負う仕事をしてくれてもいい時期じゃないかと思っている。

――重いことが考えにくい時代といいますか、非常に軽いところから発想するほうが多いですね。

近藤 みんなそれを楽しんでいる。そして、そういうことを言って、それで足りている世代かもしれない。しかし短歌をつくる人というのは、そういった世代一般じゃないのじゃないかな。たとえば石川啄木という歌人がいたけれども、決して石川啄木は明治の末年の若者一般じゃなかったのじゃないの?

――特殊な存在ですね。

近藤 斎藤茂吉だってそうでしょう。大正期の、『赤光』なんかの作品の時期も、やはりその時代の特殊な人だったのじゃなかったですか。あえて「詩人」ということばを使うけれども、詩人というのはそういった宿命を知って受け止めるべき少数の人間じゃないかとぼくは思う。つまり、いまの若者一般じゃないと思っている。

――いまの若者一般じゃないと、ぼくも思います。中国の詩は思想を述べるのが主だとよくいわれますね。ところが日本の詩は、最初のころは思想を述べるものという位置づけがあったと思うんですが、『若菜集』のように恋愛とか青春の哀感をうたうというように変わっていったんですけれども、近藤さんのなかでは、あくまで詩というのは思想を歌うものとしてあるわけですか。

近藤　いちばん根底において、ぼくはそう思っている。ぼくは詩ということを思うときに、多くの現代詩人たちとは違って、その先に常に中国の古典詩を考える。李白がいたり、杜甫がいたり、岑参がいたり、王維がいたり、あるいは白居易がいたりという、あのへんの詩の観念がどこか根底にある。

――それは佐藤佐太郎さんのとらえ方とずいぶん違いますね。佐藤さんは、そういう面からはとらえませんでしたね。

近藤　いつか朝鮮の詩人の許南麒という人と何かのときに一緒に小さな集まりをしたことがあったのだけれども、そのときに日本と朝鮮の詩の比較をして、「日本の詩は羨ましいですね。花を歌い、月を歌い、恋を歌っていれば、それで詩になった。私の国の詩は、そんなものはありません。始終、北から南から異民族に征服されて、そのなかで生きなければならなかったから、そういった詩はありようがありませんでした」と言っていた。それには若干誇張があると思うのだけれども、日本の詩というものが長い歴史を踏まえてやや特殊なところにいるのじゃないか、そしてそのなかで我々は「詩とはそんなものだ」と思って生きているのじゃないかというふうにそのときに考え、その考えをぼくはいまでももっています。和歌抒情ということばでいわれてきた短歌の大きな流れというのを当然のこととして思っているけれども、しかしそれはかなり特殊なものじゃないかということも感じることがある。そうなってくるとぼくの知識は足りないので、そういうときに中国の詩人を思うしかないのだけれども。

――本当にいまの時代に流されて「これでいい」と思っていると、もっと大きな世界から見たら、詩に対する考え、短歌に対する考え方がおかしいんじゃないかと批判されるかもしれない。そんな恐れがあるんですけれども、人間というのは弱いから、すぐいろいろな目先のことに流されていくんですね。

近藤　詩というのがそれを追うことであると、ぼくは思うね。ある詩人が、「小説家にとって小説は生業かもしれない。だが、詩人にとって詩は生き方のことだ」という意味のことを言っていました。八十いくつになってそういうことをいまさら言うのはみっともないことかもしれないけれども、ぼくはどこかに常にそういったものを見ていなければならないと思う。

――先ほど、まだなかなか死ねないとおっしゃられたんですが、今後近藤さんが何かなしとげたいとか、されようと思っていることがあったら教えていただけますか。

近藤　継続でしょう。さきに大島君がぼくの科学と言ったのに対して、科学ではなくてそれは人間の理性であり、英知であると言ったけれども、人間がある時期にそういったものを知っていくことにおいて、様々な屈折はありながら、少しずつ人間は賢くなり、幸福というものを探し出してきているのじゃないかと基本的に思う。ぼくは、その歴史を信じたいと思う。その歴史が失われたといわれるときにおいて、「歴史が失われるはずはない」と言わなければいけないと思っている。その人間の歴史で人間が苦しんで屈折しつつ探し出してきたものをさらに続け継承していかなければならないと思うし、詩というのは最もそれを鋭く負うべきものであろうとぼくは思っている。短歌すらそうだと思いたいけれども、そういったことを言っても誰も聞いてくれない(笑)。

——今後の若手に何も期待しないということはないでしょう。何か思うところがあれば話してください。

近藤　これから出てくるだろうと思ってる。朝日新聞の新年号で、朝日歌壇俳壇の選者に、戦後五十年の短歌・俳句の、それぞれ代表歌をよってくれという課題を与えられたんです。ぼくには「青春」という題を与えられて、戦後の五十年の間の、ある時代、時代のエポックをつくった青春の歌を五首ばかり探し出したんですが、そのなかに、道浦母都子とともに俵万智の名前を挙げておいた。いろいろに言われながら、やはりひとつの時代のエポックをつくったとぼくは思っている。だが、その一時代も過ぎたはずだと思うし、過ぎなければいけないと思っている。じゃあ次の時代は誰か。まだぼくは誰か知っていません。ある時期の青春がすべての時期の青春ではなく、いまある青春が永劫に続く青春ではないのでしょう。そういった意味では、これから出てくる若い人にも未知のものを期待しているし、もし短歌がこのまま滅亡しないのならそれは当然出てくるでしょう。でも、残念ながら、どうも女流歌人になりそうだな。(笑)。女流歌人のほうが奔放で多彩な仕事をしている。

——話は変わりますが、近藤さんは日本を離れて旅行されるほうがますます元気になられるそうですけれども、今年もどこかに行かれるんですか。

近藤　ぼくのは人間の歴史のあとを辿っていくのが旅だと思っているのね。やや辿り尽くして、残っているのは古代メソポタミアでもあるいまのイラクだけれども、イラクは行けないね。本当はイラクの戦争の直前に行くはずだったのだけれども、暑いから次の団体で行ってはと言われた。その行った団体が、あの戦争に出会ったのですね。しかし、あそこに行かなければ人間の最初の文明というのはわからない。たぶん戦争でみんな壊されてしまったかと思うのだけれども。

そんなものは本を読んだらわかると言われるけれども、本で読んではわからないものがあるのですよ。本で読んだ知識だけでは、スケールというものがわからないですね。大きな、広漠とした砂漠のなかに青い空があって、そのなかにひとつの文明が営まれて、それが廃墟になっているということに肌で触れてみなければ本当にわからない部分があると思っている。そう思ってぼくは旅行を重ねているけれども、ぼつぼつ体力の限界でもあるし、行くところがなくなってしまった。

——アフリカも行かれたんですか？

近藤　アフリカはモロッコとエジプトに行きましたけれども。だけれども、ぼくはアフリカの中部にはいまのところ行こうと思わない。サファリなどに行けばおもしろいかもしれないけれども。

——よくわかります（笑）。ギリシアの側から見られて、今度は違う側から見たいということですか。

近藤　そう。中国もそうです。その上に、もう一ぺん日本を見てみようと思っているの。

——やはり未開文明とか民族学ではなくて、西欧文明の発祥とかその流れみたいなものの……。

近藤　人間文明の発生と継承ということです。それは本で読んでもわかるけれども、本で読んだのではわからんものがあるとぼくは思っているのです。それをスケールとさっき言いましたけれども。

——これからも毎年何回か旅行されるおつもりですか。

近藤　足が弱ってきたから、ぼつぼつ限界近くなっているけれども、これからも行ってみたいと思ってる。行っていちばん残念なのは、語学の知識がないことだね。日ごろから語学を勉強しなければいけないとそのたびに後悔するのだけれども。

——話は尽きないのですが、このへんで終わりとさせていただきます。どうもありがとうございました。

Ⅲ

近藤芳美百二十首　　大島史洋選

『早春歌』（昭和二十三年刊）

軍歌集かこみて歌ひ居るそばを大学の転落かと呟きて過ぎにし一人
たちまちに君の姿を霧とざし或る楽章をわれは思ひき
壊れたる柵を入り来て清き雪靴下ぬれて汝は従ふ
肉厚く敷布の上にひらきをり女《をみな》にはてのひらにも表情あり
果てしなき彼方《かなた》に向ひて手旗うつ万葉集をうち止まぬかも
政治など専攻せざりしを幸《さち》と思ふと言ひ合ひし後を共に寝つかれず
吾は吾一人の行きつきし解釈にこの戦ひの中に死ぬべし

『吾ら兵なりし日に』（昭和五十年刊）

少年の眼をして巴里を行きしといふナチスの兵を思ふ何ゆゑ
軍医らは女の如き指をせり傷の苦しみに湧く涙ならず
国は今は一人の兵を要求す戦ひ果てむ病む体さへ

気象図を受領しかへる十歩ばかりひしひしと吾が武装を自覚す

『埃吹く街』（昭和二十三年刊）

いつの間に夜の省線にはられたる軍のガリ版を青年が剥ぐ
世をあげし思想の中にまもり来て今こそ戦争を憎む心よ
夕ぐれは焼けたる階に人ありて硝子の屑を捨て落すかな
さながらに焼けしトラック寄り合ひて汀の如きあらき時雨よ
降り過ぎて又くもる街透きとほる硝子の板を負ひて歩めり
水銀の如き光に海見えてレインコートを着る部屋の中
生き行くは楽しと歌ひ去りながら幕下りたれば湧く涙かも
つづまりは科学の教養に立つ自己を恃みとなして対はむとする
支那留学生一人帰国し又帰国す深く思はざりき昭和十二年
守り得し彼らの理論清しきに吾が寝ねられぬ幾年ぶりぞ
言ひ切りて民衆の側に立つと云ふ君もつづまりに信じては居ず
乗りこえて君らが理解し行くものを吾は苦しむ民衆の一語
幾組か橋のかたへに抱《いだ》かれて表情のなきＮＯを言ふ声

『静かなる意志』（昭和二十四年刊）

着る事もなかりし妻の赤き羽織たもとを切れと言ふ紙片出づ

しばしばも歩みおくれて靴を脱ぐ妻と夜ふけを帰らむとする

聡明に耐へて行けよと思ふのみ静かに泣けば傍らに寝て

術あらぬ一人と生きし吾が過去を人は一つの言葉にて責む

身をかはし身をかはしつつ生き行くに言葉は痣の如く残らむ

おびえては一人思へりたはやすく犠牲につき得る年齢のこと

みづからの未来を選ぶ民の意志とこの静かさは涙出づるに

『歴史』（昭和二十六年刊）

みづからの行為はすでに逃《のが》る無し行きて名を記す平和宣言に

いづくにか聞えはてなき革命歌とまり久しき夜の列車に

プラカード伏せて守られて行く列に吾が血は引きて屋上にあり

柔和なるものの無数を信ぜむに故なき涙吾に湧くかな

君の如く徒労と言ひてすむならば其の安けきに吾も逃れむ

戦争の事想ふとき突き離すまなこと言へり吾のまなこを

『冬の銀河』（昭和二十九年刊）

待つものを寂しき悔と知りながら又吾が行かむ否と言へねば
ビラ投げて捕はれて行く学生らかなしきまでに皆争はず
ただひとり吾の一生《ひとよ》を知れるもの寂しきまでに吾は名を呼ぶ
死をきめて一夜酔ひつつ皆征きぬ清しかりきや今思ふより

『喚声』（昭和三十五年刊）

ジュダーノフ批判の後に相続く頌歌よ一片のかげだにも無し
一生《ひとよ》吾がいだきて行かん寂しさや川暗く舟艇衛兵の夢
スターリン批判を立ちて問うことば苦しむ問いにたれも答えず
呪詛の声今は弱者らの声として歳月が又許し行くもの
糺弾の中に祖国にひざまずくパステルナークのことにも黙す
越えざりし越えんとせざりし一瞬を知りて吾らの負う歴史あり

『異邦者』（昭和四十四年刊）

眉あげて行く如き死に友ら過ぎその悲しみを生きて吾が追う
友情のかく素直なる彼らの眼日本を悲劇の国とまた呼ぶ
解体船灯ともる夕日の草の岬ここをソ連と思うたかぶり
スターリンと共に戦いしと幾度聞くその哀愁も思いがけなし

『黒豹』（昭和四十三年刊）

幾夜短き北爆飛行の報つづくことばの虚しさに又耐えんとき
森くらくからまる網を逃れのがれひとつまぼろしの吾の黒豹
うつうつと国ひたす雨一民族をかかる寡黙に戦わしむるもの
一生《ひとよ》吾に死者との対話かかる夜を雨の軍靴のまぼろしが行く
ヘリコプター敵地に降りてなびくすすきいだく悲しみのすき透るまで
霧の夜ごと舷にめぐりし稲妻の記憶よ一生の逃亡者われ
砂漠の軍みな円陣のまま亡びそのひそけきを空よりうつす

『遠く夏めぐりて』（昭和四十九年刊）

分割されしドイツと思わずと聞ける意味静かなれば怒りか悲哀か知らず
真実を言えというならたぎつ思い炎夏の砂にひそむごとき夜を
妻のこと告げし日涙拭きし父か茫々とみな時は流れぬ

『アカンサス月光』（昭和五十一年刊）
たちまちに昨日のことか指さしてその殺戮者を君の中に問え
幻想を持つなひとりのあけの目覚め人に知る老い吾に知らむ老い
歩み佇ち焚書の炎見守るを日は過ぎよまた人は生きむため
すみれ色の灯のつらなりに凍る雪声断たばまた声は湧くべく
遠く秘めて読みたるものに今対うその日の友ら一人さえなく
独裁者がひとりの詩人を怖るる日声やむ世界をつねに知ると言え

『樹々のしぐれ』（昭和五十六年刊）
戦争の前夜に学ぶくるめきにギリシアはありし今日老いて訪う
必ずここに帰らねばならぬギリシアありと知るともひとり老い残る日ぞ
信仰告白長きためらいに佇つかげを夢に見ていきみずからの影

獄深く衰うとのみわずか聞く再び詩はなし詩は刃ゆえ

『聖夜の列』（昭和五十七年刊）
死滅につづく時を見据えよこの小さき幾億の哀歓を地のものとして
プロメテウスの火を手に滅ぶ人間の驕慢も愚かも神々のもの
核ミサイルこの地を覆い恐怖へとなだれむとする声いつの日か

『祈念に』（昭和六十年刊）
人間が作り出し今人間のものならぬ終末の武器にして暗緑の塔
怒りをいえ怒りを抒情の契機とせよ今つきつめて「詩」といえる営為
若き日の母に返りし死顔のかく透きて人の苦しみは過ぐ
夜に覚めてともにこがらしの湧くを聞く遠き恐れは一生《ひとよ》知るもの

『礫刑』（昭和六十三年刊）
人間が人間であることの絶望を昨日に見たり過ぎしというな
人の知のその始源よりなおも知らむ安らぎは歴史の信頼のゆえ

『営為』（平成二年刊）
くれないは遠く荒野の町のねむりいのりに神を救いとはせず
なぜ戦争がありしかを問う集会に人はいつより明日を語らざる

『風のとよみ』（平成四年刊）
ここにして戦場に発つ日の別れ若く脆かりき生きてかたみに
一歴史が虚構としつつ崩るるときたとえば昨日のベルリンの壁
君らには歴史吾には今の日のおののきとしてなおもいわむこと

『希求』（平成六年刊）
繰りたたみ繰りたたみゆく「思い」としことばはありき詩に寡黙なれ
尹伊桑《ユンイサン》の名をば記憶す祖国の手に或る日拉致さるるベルリンの街
後方に退く位置に守るもの守り得しものともまた明かすなく
ことばとする余剰を厭う自ずから吾にありつつ表現は思惟

『メタセコイアの庭』（平成八年刊）

五十年ついに国是とし戦わず人間の歴史に静かに思え

君の小美術館普天間基地に敢えて隣る「沖縄戦の図」をここのものとして

在るものを在るままとせむ懈怠のうち退嬰はたましいの甘美にも似て

立ち替りチマ・チョゴリ楚々と群れ舞うを忘れいし疼きと痛みと告げず

『未明』（平成十一年刊）

戦争も戦後もなしとして聞くを今に驕慢の若さはめぐれ

発つ前の一夜ホテルを訪ね来る選びし異郷の生のそれぞれ

老政治家ひとりの亡命の報道の行くかたを追う日本に遠く

老いて得し平安にしてまとうもの背を立てよこころ屈してならず

『命運』（平成十二年刊）

陸軍桟橋とここを呼ばれて還らぬ死に兵ら発ちにき記憶をば継げ

「恨《ハン》」の思想怨嗟ならずとことば次ぐま吾らに重き時間の移り

父に従い町と町とを住み移る遥か幼くありし金泉

連れられてシベリア出兵を駅に送る兵と馬とのただ長き貨車
癒えざるをただに伴い去りしより跡もなし蔦這う大学官舎
逃れたくいずくにも逃るるかたあらぬその日に戦争はめぐりゆく炎

『岐路』（平成十六年刊）

社会主義幻想崩壊の後に来る世界を知らず思想に問わず
生けるがに王女を埋めて眠らしめ礫土に消えし王朝のこと
相沢正還らず樋口賢治亡く若く相拠りし「アララギ」もなし
愚かさを繰り返す人間の歴史としその愚かさに立つ他はなく
誘眠剤に頼り寝ぬるにその息の安けき傍雪《かたえ》となる夜を
戦場とその父の家とに離れ病む今日の如かりし遠くなお若く
相責むる二人の自分がいるとする悲しみながら知るすべもなく
不意に来て声となる歔泣を覚めておりひとりを早く寝ねしめし後
戦争が業ならばその業の果て返る静けさを生きて誰が見る

『岐路以後』（平成十九年刊）

芝の上の夜ざくらの集いの過ぐるころ車椅子に来てつね二人のみ

核全面戦争の明日を必至とする過程怖れむとして思想に非ず

遥か今も家屋を流す濁流の護岸のひとりの舟艇衛兵の夢

自ずから戻らむ笑みのなお若く病む妻のためたのむものあれ

生と死ともとよりなしと知ることの老いの極みの救済が生る

すでにして「神」としあらむ救済の老いの果てなる静けさが待つ

絶対の「無」を救済に思うとし一切の人間の限界に立つ

マタイ受難曲そのゆたけさに豊穣に深夜はありぬ純粋のとき

近藤芳美著作目録

［歌集］

1『早春歌』（一九四八、四季書房　五〇、十字屋書店　八五、短歌新聞社）
2『埃吹く街』（一九四八、草木社　五二、白玉書房　八一、四季出版　九三、短歌新聞社）
3『静かなる意志』（一九四九、白玉書房）
4『歴史』（一九五一、白玉書房）
5『冬の銀河』（一九五四、白玉書房）
6『喚声』（一九六〇、白玉書房）
7『異邦者』（一九六九、短歌研究社）
8『黒豹』（一九六八、短歌研究社）
9『遠く夏めぐりて』（一九七四、昭森社）
10『吾ら兵なりし日に』（一九七五、短歌新聞社）
11『アカンサス月光』（一九七六、短歌新聞社）
12『樹々のしぐれ』（一九八一、蒼土舎）

13『聖夜の列』(一九八二、蒼土舎)
14『祈念に』(一九八五、不識書院)
15『磔刑』(一九八八、短歌新聞社)
16『営為』(一九九〇、六法出版社)
17『風のとよみ』(一九九二、砂子屋書房)
18『希求』(一九九四、砂子屋書房)
19『甲斐路・百首』(一九九六、山梨日日新聞社)
20『メタセコイアの庭』(一九九六、砂子屋書房)
21『未明』(一九九九、砂子屋書房)
22『命運』(二〇〇〇、砂子屋書房)
23『岐路』(二〇〇四、砂子屋書房)
24『岐路以後』(二〇〇七、砂子屋書房)

『近藤芳美作品集』(一九五四、白玉書房)
『近藤芳美歌集』(一九五六、角川書店　七一、改版)
自選歌集『流星群』(一九七一、短歌新聞社)

定本『近藤芳美歌集』（一九七八、短歌新聞社）
自選歌集『楽章』（一九七九、至芸出版社）
『近藤芳美歌集』（一九八〇、短歌研究社）
復刻版近藤芳美歌集全十四冊（一九八八、短歌公論社）

［歌論・評論・随筆］
『新しき短歌の規定』（一九五二、十字屋書店　九三、講談社）
『現代短歌』（一九五三、白玉書房　八二、筑摩書房）
『愛と生活の歌』（一九五八、講談社）
『或る青春と歌』（一九五九、大村書店）
『土屋文明』（一九六一、桜楓社　八〇、増補版）
『青春の碑』第一部、第二部（一九六四、垂水書房　七九、筑摩書房）
『石川啄木における文学と生』（一九六四、垂水書房）
『愛のうた』（一九六四、垂水書房　八二、沖積舎）
『アカンサスの庭』（一九六五、国際図書）
『茂吉死後』（一九六九、短歌新聞社）

『無名者の歌』（一九七四、新塔社　九三、岩波書店）
『鑑賞　土屋文明の秀歌』（一九七五、短歌新聞社）
『短歌思考』（一九七九、短歌新聞社）
『短歌入門』（一九七九、筑摩書房）
『少年の詩―青春の碑序篇』（一九八〇、筑摩書房）
『中国感傷』（一九八四、造形センター）
『歌い来しかた』（一九八六、岩波書店）
『歌と生・歌と旅』（一九八七、六法出版社）
『現代短歌指針』（一九八七、六法出版社）
『戦争と短歌』（一九九一、岩波書店）
『短歌と思想』（一九九二、砂子屋書房）
『土屋文明論』（一九九二、六法出版社）
『人間の歴史と歌』（一九九三、ながらみ書房）
『近藤芳美集』全十巻（二〇〇〇～〇一、岩波書店）
『「短歌と人生」語録―作歌机辺私記』（二〇〇五、砂子屋書房）

近藤芳美研究書・参考図書一覧

吉田漱『近藤芳美私註』（一九七六、潮汐社・七九、愛育出版）
田井安曇『近藤芳美』（一九八〇、桜楓社）
岡井隆『近藤芳美と戦後世界』（一九八一、蒼土舎）
後藤直二『茂吉・文明・芳美』（一九八四、短歌新聞社）
石田比呂志『芳美一〇〇選』（一九九〇、砂子屋書房）
小高賢『近藤芳美』（一九九一、本阿弥書店）
『「未来」と現代短歌―アルバムと年表による四十年史』（一九九一、六法出版社）
『近藤芳美展―戦後短歌の牽引者』（二〇〇六・三、日本現代詩歌文学館）
「近藤芳美をしのぶ会」冊子（二〇〇六・九、未来短歌会）
『「未来」六十年史―創刊六十周年記念』（二〇一一、未来短歌会）
きさらぎあいこ『近藤芳美の音楽の歌』（二〇一三、本阿弥書店）

近藤芳美雑誌特集号

「未来」一九七六年七月号

「短歌現代」一九七八年五月号
「未来」一九八〇年十二月臨時増刊号
「未来」一九八四年一月号（近藤芳美・とし子特集）
「短歌」一九八四年九月号
「歌壇」一九八七年七月号
「短歌四季」一九九〇年秋号
「未来」一九九五年五月号
「短歌朝日」二〇〇〇年九・十月号
「短歌」二〇〇六年六月号
「短歌」「短歌現代」二〇〇六年八月号（追悼号）
「短歌研究」二〇〇六年八・九月号（追悼号）
「歌壇」二〇〇六年十月号（追悼号）
「短歌往来」二〇〇六年十一月号（追悼号）
「未来」二〇〇七年六月号（追悼記念号）
「未来」二〇一一年三月号（近藤とし子追悼）
「短歌研究」「歌壇」二〇一三年六月号（生誕百年記念号）

近藤芳美略年譜

一九一三年（大正二）　五月五日、朝鮮慶尚南道馬山府新町に、父近藤得三、母昌香の長男として生まれる。本名芽美《よしみ》。父は銀行員。のちに弟と妹が生まれる。

一九二〇年（大正九）　七歳。四月、咸鏡南道の咸興小学校に入学。翌年、馬山小学校に転校、二年生から五年生まで過ごす。

一九二六年（大正十五）　十三歳。県立広島第二中学校（現、観音高校）に入学。毎夏、朝鮮の父母のもとに帰省。

一九三一年（昭和六）　十八歳。四月、広島高等学校理科甲類に入学。年末、アララギに入会。

一九三二年（昭和七）　十九歳。二月、中村憲吉を訪問。初めて教えを受ける。

一九三四年（昭和九）　二十一歳。三月、広島高等学校卒業。五月、中村憲吉死去。

一九三五年（昭和十）　二十二歳。四月、東京工業大学建築学科に入学。新聞部、文芸部などに加わる。

一九三七年（昭和十二）　二十四歳。八月、京城駅に土屋文明を出迎え、朝鮮金剛山で開かれたアララギ歌会に出席。中村年子と初めて会う。（年子は大正七年生。

一九三八年（昭和十三）　このとき愛知県立第一高女を卒業し京城の父母宅へ帰省中であった）

一九四〇年（昭和十五）　二十五歳。三月、東京工業大学卒業。四月、清水組（後の清水建設）に入社、朝鮮各地に赴任。

一九四一年（昭和十六）　二十七歳。七月、京城の朝鮮神宮で中村年子と結婚式をあげる。八月、東京へ転勤。九月、召集令を受け、広島で入隊。

　　　　　　　　　　　　二十八歳。二月、揚子江上で作業中に負傷、入院中に胸部疾患が発見され各地の病院を転送、十二月、広島へ戻り、三滝陸軍病院に収容される。翌年五月、召集解除。その後、東京の清水組本社に設計技師として勤務。

一九四六年（昭和二十一）　三十三歳。二月、関東アララギ「新泉」創刊、選歌欄を持つ。この頃、「新歌人集団」の活動に参加。

一九四八年（昭和二十三）　三十五歳。二月、第一歌集『早春歌』（四季書房）、第二歌集『埃吹く街』（草木社）刊。（奥付では第二歌集のほうが十日はやく刊行）

一九四九年（昭和二十四）　三十六歳。八月、第三歌集『静かなる意志』（白玉書房）刊。

一九五〇年（昭和二十五）　三十七歳。四月、『早春歌』（十字屋書店）再刊。同月、アララギ新人合同歌集『自生地』（白玉書房）が刊行され参加する。

一九五一年(昭和二十六)　三十八歳。四月、『新選五人』(白玉書房)が刊行され参加。六月、「未来」創刊。

一九五二年(昭和二十七)　三十九歳。四月、歌論集『新しき短歌の規定』(十字屋書店)刊。

一九五三年(昭和二十八)　四十歳。二月、斎藤茂吉死去。四月、練馬区向山に新居を建築し転居。八月、中国新聞歌壇選者となる。九月、歌論集『現代短歌』(白玉書房)刊。

一九五四年(昭和二十九)　四十一歳。三月、『近藤芳美作品集』(白玉書房)刊。十二月、第五歌集『冬の銀河』(白玉書房)刊。

一九五五年(昭和三十)　四十二歳。三月、朝日新聞歌壇選者となる。これを機に作品・文章の表記を新仮名とする。

一九五六年(昭和三十一)　四十三歳。二月、角川文庫『近藤芳美歌集』刊。

一九五九年(昭和三十四)　四十六歳。六月、自伝小説『或る青春と歌』(大村書店)刊。

一九六〇年(昭和三十五)　四十七歳。十月、第六歌集『喚声』(白玉書房)刊。

一九六一年(昭和三十六)　四十八歳。五月、評論集『土屋文明』(桜楓社)刊。八月、ソビエトを訪問。秋、工学博士号を受ける。

一九六二年(昭和三十七)　四十九歳。八月、二ヶ月間ヨーロッパ及びアメリカ各地を旅行。

一九六四年（昭和三十九）五十一歳。四月、自伝小説『青春の碑第一部・第二部』（垂水書房）刊。七月、『石川啄木における文学と生』（垂水書房）刊。十一月、『愛のうた』（垂水書房）刊。

一九六五年（昭和四十）五十二歳。十二月、随筆集『アカンサスの庭』（国際図書）刊。

一九六八年（昭和四十三）五十五歳。十月、第八歌集『黒豹』（短歌研究社）刊。

一九六九年（昭和四十四）五十六歳。四月、第七歌集『異邦者』（短歌研究社）刊。五月、歌論集『茂吉死後』（短歌新聞社）刊。六月、『黒豹』により第三回迢空賞受賞。秋、西ドイツ、北欧、アメリカなどに旅行。

一九七三年（昭和四十八）六十歳。四月、神奈川大学工学部建築科教授となる。六月、清水建設退社。

一九七四年（昭和四十九）六十一歳。六月、『無名者の歌』（新塔社）刊。七月、第九歌集『遠く夏めぐりて』（昭森社）刊。八月、近藤とし子歌集『小鳥たちの来る日』（新星書房）刊。

一九七五年（昭和五十）六十二歳。七月、第十歌集『吾ら兵なりし日に』（短歌新聞社）刊。（『早春歌』の補遺で、作歌時期からすれば第二歌集にあたる）十二月、『鑑賞　土屋文明の秀歌』（短歌新聞社）刊。

一九七六年（昭和五十一）　六十三歳。四月、第十一歌集『アカンサス月光』（短歌新聞社）刊。七月、吉田漱著『近藤芳美私註』（潮汐社）刊。

一九七七年（昭和五十二）　六十四歳。七月、現代歌人協会理事長に就任（九一年まで）。

一九七八年（昭和五十三）　六十五歳。一月、『定本近藤芳美歌集』（短歌新聞社）刊。五月、「短歌現代」（短歌新聞社）特集・近藤芳美。

一九七九年（昭和五十四）　六十六歳。十月、随筆集『短歌思考』（短歌新聞社）刊。同月、改版『青春の碑第一部・第二部』（筑摩書房）刊。十二月、『短歌入門』（筑摩書房）刊。

一九八〇年（昭和五十五）　六十七歳。三月、短歌研究文庫『近藤芳美歌集』刊。五月、田井安曇著『近藤芳美』（桜楓社）刊。六月、父、得三死去（九十二歳）。十二月、「未来」（臨時増刊）近藤芳美論考。同月、増補版『土屋文明』（桜楓社）刊。同月、随筆集『少年の詩—青春の碑序篇』（筑摩書房）刊。

一九八一年（昭和五十六）　六十八歳。八月、岡井隆著『近藤芳美と戦後世界』（蒼土舎）刊。十月、第十二歌集『樹々のしぐれ』（蒼土舎）刊。

一九八二年（昭和五十七）　六十九歳。十月、近藤とし子第二歌集『溢れゆく泉』（雁書館）刊。同月、第十三歌集『聖夜の列』（蒼土舎）刊。

一九八四年（昭和五十九）　七十一歳。一月、「未来」近藤芳美・とし子特集号。三月、神奈川大学定年退職。講師となる。六月、『中国感傷』（造形センター）刊。八月、母、昌香死去（九十一歳）。九月、「短歌」（角川書店）特集・近藤芳美。同月、後藤直二著『茂吉・文明・芳美』（短歌新聞社）刊。

一九八五年（昭和六十）　七十二歳。八月、第十四歌集『祈念に』（不識書院）刊。（翌年、同歌集により第一回詩歌文学館賞受賞）

一九八六年（昭和六十一）　七十三歳。八月、近藤とし子第三歌集『夕月』（短歌新聞社）刊。同月、岩波新書『歌い来しかた』刊。

一九八七年（昭和六十二）　七十四歳。七月、「歌壇」（本阿弥書店）特集・近藤芳美。同月、随筆集『歌と生・歌と旅』（六法出版社）刊。十月、『現代短歌指針』（六法出版社）刊。

一九八八年（昭和六十三）　七十五歳。一月、『近藤芳美歌集』復刻版全十四冊（短歌公論社）刊。三月、第十五歌集『磔刑』（短歌新聞社）刊。

一九九〇年（平成二）　七十七歳。三月、近藤とし子第四歌集『トレニアの秋』（六法出版社）刊。九月、第十六歌集『営為』（六法出版社）刊。（翌年、同歌集により現代短歌大賞受賞）十月、石田比呂志著『芳美一〇〇選』（砂子屋書房）刊。十二月、土屋文明死去。

一九九一年（平成三）　七十八歳。三月、弟、輝美死去（七十六歳）。七月、小高賢著『鑑賞現代短歌6　近藤芳美』（本阿弥書店）刊。

一九九二年（平成四）　七十九歳。六月、歌論集『短歌と思想』（砂子屋書房）刊。九月、第十七歌集『風のとよみ』（砂子屋書房）刊。十二月、『土屋文明論』（六法出版社）刊。

一九九三年（平成五）　八十歳。三月、短歌新聞社文庫『埃吹く街』刊。同月、『人間の歴史と歌』（ながらみ書房）刊。五月、『無名者の歌』岩波書店より再刊。十一月、講談社学術文庫『新しき短歌の規定』刊。

一九九四年（平成六）　八十一歳。八月、第十八歌集『希求』（砂子屋書房）刊。（翌年、同歌集により第六回斎藤茂吉文学賞受賞）

一九九五年（平成七）　八十二歳。十二月、近藤とし子第五歌集『冬鳥』（短歌新聞社）刊。

一九九六年（平成八）　八十三歳。六月、第十九歌集『甲斐路・百首』（山梨日日新聞社）刊。七月、第二十歌集『メタセコイアの庭』（砂子屋書房）刊。十一月、文化功労者顕彰。

一九九七年（平成九）　八十四歳。七月、近藤とし子第六歌集『さいかちの道』（砂子屋書房）

一九九九年（平成十一）　刊。十二月、「アララギ」終刊。

二〇〇〇年（平成十二）　八十六歳。七月、第二十一歌集『未明』（砂子屋書房）刊。

八十七歳。四月、『近藤芳美集』（岩波書店）刊行開始。翌年一月まで全十巻。五月、第二十二歌集『命運』（砂子屋書房）刊。

二〇〇一年（平成十三）　八十八歳。「未来」三月号より発行所を近藤芳美方から東中野の発行所に移転。同時に発行人も近藤芳美から岡井隆に変更。この年、近藤宅も世田谷区成城のマンションに移転。

二〇〇二年（平成十四）　八十九歳。この年から翌年にかけて練馬区向山の旧居にあった蔵書の殆どを日本現代詩歌文学館に寄贈。

二〇〇四年（平成十六）　九十一歳。九月、第二十三歌集『岐路』（砂子屋書房）刊。

二〇〇五年（平成十七）　九十二歳。五月、『「短歌と人生」語録　作歌机辺私記』（砂子屋書房）刊。「未来」九月号を最後に選者を退く。

二〇〇六年（平成十八）　九十三歳。三月十八日～六月四日、近藤芳美展―戦後短歌の牽引者（於、日本現代詩歌文学館）。「短歌」（角川書店）六月号、近藤芳美特集。六月二十一日、心不全のため死去。前立腺癌のため入退院を繰り返していた数年であった。九月一日、近藤芳美をしのぶ会（於、学士会館)。追悼記事は新聞各紙のほか「短歌」「短歌現代」八月号、「短歌研究」八、九月号、「歌壇」十月号、「短歌往来」十一月号など。

二〇〇七年(平成十九) 六月、第二十四歌集(遺歌集)『岐路以後』(砂子屋書房)刊。「未来」六月号を「近藤芳美記念号」として発行。

二〇一〇年(平成二十二) 十一月二日、近藤とし子死去(九十二歳)。

二〇一一年(平成二十三) 「未来」三月号、追悼・近藤とし子。十一月、『アルバムと年表による「未来」六十年史』(未来短歌会)刊。

二〇一三年(平成二十五) 近藤芳美生誕百年を記念して「短歌研究」「歌壇」などの六月号で特集が組まれた。

(二〇〇六年開催「近藤芳美展―戦後短歌の牽引者」の冊子に付けられた略年譜を取捨、その後を加筆して作成した)

初出一覧

近藤芳美の魅力	「短歌研究」二〇一三年六月号
敗戦後の日常詠と思想詠――『埃吹く街』	「短歌現代」二〇〇二年六月号
思惟の美しさ、とは――『新しき短歌の規定』	「北冬」二〇〇六年第三号
『喚声』から『埃吹く街』を見る	「未来」一九八四年四月号（『定型の視野』所収）
『黒豹』の位置	「星雲」二〇一三年七月号
『アカンサス月光』を中心に	「未来」一九八〇年十二月臨時増刊号（『定型の視野』所収）
交叉する影――近藤芳美と山崎方代の戦後	「方代研究」二〇〇三年第三三号
新しい境地――『岐路』	「未来」二〇〇五年三月号
言葉に希望を託す――近藤芳美の言葉	「短歌」二〇〇六年六月号
近藤芳美を偲んで	「海員」二〇〇六年九月号
マタイ受難曲――近藤芳美追悼	「短歌」二〇〇六年八月号
科学技術と思想	「短歌研究」二〇〇六年十月号

雲の上　「未来」二〇〇六年十一月号
近藤芳美の字　「未来」二〇〇七年六月号
人間の限界に立つ―近藤芳美論　「短歌往来」二〇〇六年十一月号
真にうたうべきもの　「短歌現代」二〇〇七年二月号
近藤芳美の修辞　「短歌研究」二〇〇九年二月号
近藤芳美の愛の歌　「朝日新聞」二〇一〇年十二月十二日朝刊
近藤芳美の思い出　「歌壇」二〇一二年一月号

＊

『短歌入門』『短歌思考』解説　『近藤芳美集』（岩波書店）第十巻
講演・近藤芳美の晩年の歌　「日本短歌雑誌連盟会報」二〇〇七年第九七号
インタビュー　近藤芳美に聞く　『現代短歌の全景』（河出書房新社）一九九五年刊

＊

近藤芳美百二十首　「近藤芳美展」（日本現代詩歌文学館）
二〇〇六年三月刊に追加

あとがき

私は二〇一二年に『アララギの人々』という評論集を出し、正岡子規以来のアララギ歌人について書いた文章を一冊にまとめたが、その折に、分量が予想以上にオーバーしてしまったために、やむなく近藤芳美の分だけを除外したのであった。それが気になっていたところ、ここに『近藤芳美論』として刊行することができ、心からうれしく思っている。現代短歌社編集部の皆さんにあつく御礼申し上げる。

ここに集めた文章の半分近くは近藤芳美が亡くなったあとに書かれたものである。だから、近藤の晩年の仕事を総括して全体像を見てみたいという気持ちが強く出ているのではないかと自分自身では思っている。

巻末に載せた「近藤芳美百二十首」は二〇〇六年三月から六月にかけて開かれた「近藤芳美展—戦後短歌の牽引者」（於、日本現代詩歌文学館）の際に作られた冊子の末尾に私が選んで載せた百首選に、その後の作などを加えて百二十首選としたものである。

この「近藤芳美展」という冊子には近藤の生い立ち以後の朝鮮半島における足跡や戦場でのありようなどが写真と地図によって詳しく紹介されている。ぜひ、この冊子も読んでいただきたい